狂人百相

一代新聞工作者林今開
見識狂人無數

林今開／著

好讀出版

目錄

2 幻覺型——透過心靈的折光，往往把自己當別人

3 性愛型——愛神有時酒喝多，錯把夏娃當亞當

【專文推薦】

也寫狂人

文／馮翊綱
相聲瓦舍創辦人

從前，有一個人，他是一個狂人。

所謂狂人，必行狂放之事，詩、酒、女人也。

此人飲酒，會挑好日子，什麼明天無事，今晚輕鬆一下，未必飲酒。總是明天有事，且是要緊之事，今夜緊張，又或是興奮地難入睡，便要飲酒。如此一飲，次日便將渾身宿醉，包括浮腫雙眼、脹氣打嗝、咳嗽啞嗓、呼氣口臭，全都帶進工作場所。

於是，他會在排演場、錄音間或劇場後臺等密閉空間，甚至是演出當下的舞臺上，飄放隔夜酒氣，做出那些因身體不適而浮現的嫌惡表情，等人關切詢問，而尋常凡人，總以無邪、無目的、無可預知的純真，上他的圈套，為他撫胸、拍背、餵湯。誰要再多責備一句，便是無惻隱心，不仁！

此人可愛，尤能套練女人。他妙就妙在，明明天性不受繫絆，也要學人結婚，拖著一個在家守候的老婆，等他在外面玩夠了回來。由於朋友多、耳目雜，他倒懂得避諱，但偶爾也要穿幫。最經典的遭遇，是在十里洋場的最繁華地段，如過江鯽般的人潮漩渦中，與四個熟透的人當胸撞滿懷，他的手、臉，正貼在一個誰也不認識的嫩妹妹臉上。

這樣情事，哪個是朋友的敢往外亂傳，便是不義！

不知是為了女人？還是喝酒？還是與女人喝酒？次日誤了開往劇場的巴士，或是開往下一城鎮的高鐵，都不新鮮，就連犒賞的旅遊，國際班機也能誤掉。最悲涼的一次，是在江戶，敲不動他的房門，所有急切於趕往主題樂園的人等到不能再等，只好棄他而去。午後醒來，算算身上僅剩的銅板，買上一張電車票，向西緩慢行去，隨機下車，但並不出站，走走、看看，再上車，待到天將昏暗，坐回頭車返還，從進站處出站，一整天，花掉一張月臺票錢。

誰是那拋棄睡過頭朋友的人？沒有禮貌！

綜合以上，還須一技，方能成狂者大器。

此人撒謊，只在不動聲色之間，輕描淡寫，無色無味，在你還需品味咂麼的當下，已經上當了。在圈內素有教母之稱的前輩，生動的描述過：「我就算親眼見他端來一杯水，心裡安慰。切勿開口！他一說話，我便要懷疑這杯水不是他端來的了。」話出口，進了你的耳朵，已然中著！其實，只要容他解釋，你的心，就已經被蒙了。

他萬事皆有所本，是你不信！

到底是什麼原因，容得他耍弄？恰就是那張嘴！善於吟詩、唱曲、說故事的那張嘴。只不過，他口裡吟出的詩文，不出於他的手筆，而是另一個倒楣鬼的甘願。

白玉，底下襯一塊黑絨布，鑽石，盒中也必是藍絲綢。但誰就那麼生該輕賤，去做那便宜的襯布？我也愛酒、也愛女人、也想狂放不羈、為所欲為，追尋著狂放的可能，也想當鑽石、直接做一個狂人，怎麼就淪為為狂人做傳呢？

沒有華生，何來福爾摩斯。

狂人的故事，得由沒有狂過頭的理智，不仁不義，無禮無信的書寫下來。從前，那人年輕，現而今，此人已近半百，狂放行徑雖說不變本加厲，卻也死性難改。所以，他從前的故事，現在說，也還當令，將來再說，仍能保鮮。

寫一個狂人，向專寫狂人的前輩致敬。

【專文推薦】

狂人百相，篇篇章章都像精彩劇本！

文／郎祖筠
春河劇團教學暨藝術總監

在我的「春河表演學堂」的課堂上，我常跟學生耳提面命的就是「表演就是生活，師法生活，處處有戲」。《狂人百相》一書像是證明了這個論點。

作者林今開先生，以記者銳利的眼觀察眾相；以豐富的閱歷咀嚼人生況味；以細膩的筆捕捉人性陰暗光明。篇篇章章都像是精彩的劇本，讀者在閱讀同時還能建構自己的心靈小劇場。

《狂人百相》這本書將成為我教授表演課重要的良友，也推薦給想要在職場百戰百勝的人——《狂人百相》定能提供「知己知彼」的養分。

妻之序言——林今開遺著新版序

有一天，電子郵件出現臺中好讀出版簡伊婕編輯的來函，打算出版林今開《新狂人百相》與《連臺好戲》這兩本書，我回覆OK。就這樣，伊婕與總編輯鄧茵茵，兩人帶了合約書上臺北，請我在兄弟飯店用晚餐，並簽約。

我們三人，一見如故，暢談甚歡。茵茵說：當年學生時代，看到書訊報導一篇林今開的文章〈包龍眼的紙〉，但只刊了一半，她很好奇想知道究竟，於是向家裡申請「買書款」，就這樣，成了林今開的讀者。時隔數十年，至今再看，經得起時代的考驗，可讀性依然高。因此，林今開的遺著重新問世。

伊婕倒是對於我自己四十歲時寫的〈回顧來時路〉（發表於《中央日報》副刊，編輯將題目改為〈在貧窮中我活得泰然〉）那五千字，瞭如指掌，從結尾的十個字「隨緣惜緣（**對人**）；盡人事聽天命（**對事**）」談起，談到我生命中的一些告白，談到她眼眶泛紅……，令我震驚！

本來寫序，應該重閱全書，但是，不堪回首，牽動太多情感，擾亂我目前修行的心。因此，本文只就最近發生的事做一個交代，以為序言。

周碧瑟

寫於二〇一六年元月　禪七前夕

妻之序言

做為《狂人百相》作者的妻子，有其樂，也有其苦。樂的是，他常常陪伴我去看現實世界的狂人，那真是另一個天地，另一個境界，另一個人生，又可與書中的狂人一一比照，情趣無窮；苦的是，每當他寫狂人的故事，他就顯得比書中人的狂人更狂，在這日子裡，做他的妻子就很不好受。

我頭一次見到林今開，是十年前的今天——一九七五年元月十四日，我在中華民國防癌協會❶辦公室，那天，他突然而來，遞給我一份正方形的小名片，只左下角印著「林今開」三個小字兒，用毛筆簽名字體，那給我第一個直覺——這人很標新立異。那時我是個剛離開臺大醫學院不久的大女孩，哪裡知道林今開是何許人？於是，漠然相對，倒是他告訴我，他是防癌協會理事長吳基福博士派來的，就這樣，他成了我的上司。

起初相處，我對他頗為惡感，覺得這個人性情怪異，處理大小事務，他很少顧及傳統習規，完全用他另外的一套，雖年已半百，卻把許多年輕活潑的男女都視為迂腐的「老頭子」、「老太婆」，出語驚人，又愛勾肩搭背，真是討厭！我於是暗自打定主意，趕快把會務弄個段落，準備辭職不幹了。

沒幾天，他送我一本早期舊版的《狂人百相》，一看作者名字，我心中暗笑道：「原來你還會舞文弄墨，那也算得上是作家啦！」可是，我打從心裡無法接受他是個作家，果真是的，也必定是個不入流的。

最令我所有親友驚駭的事發生了，三年之後，我不但成了他的老婆，而且兼當他兩個孩子的繼母。這之後，這本書中的狂人先後在我眼前逐一出現了，那是活生生的，有血有肉的，不時交往，相與歡笑，也相擁低泣。經深入了解之後，方知此中有好幾狂，其真人比書中所描繪的更狂，真沒想到，林今開這個人居然也會筆下留情。每當有人說林今開狂，他已故的老師顧獻樑教授常常譏誚著說：「林今開至今也不過百分之四十九的狂人，他是一名不及格而且連補考資格都沒有的狂人。」可是，單就百分之四十九的狂人來說，做為他的妻子也夠累了。

林今開有個弟弟林金楢，自幼別離，遠居印尼，前幾年喜相逢，見面之後，這個弟弟對他四哥頗感失望，而且逐漸覺得難耐。他弟弟從商，為人正直，做事有條不紊，踏踏實實，很看不慣他四哥終日渾渾噩噩，丟三忘四，面臨千軍若無人，身坐刀山而不覺（我常從他的座椅上、屁股

---

❶ 中華民國防癌協會：由已故醫界名人吳基福博士（一九一六～一九八五）創立於一九七三年，後於二〇一三年更名為「社團法人臺灣防癌協會」。（編按）

下，小心取出刀子、鋸剪、釘書機等利器）。有一天，林金楢趁其兄不在，很鄭重地告訴我一些關於他四哥怪異的言行，問我注意到了沒有？

我告訴林金楢，他所知道四哥的毛病，僅是一小撮而已！我所知道的還多著呢！我於是試述數例，他聽了更見焦慮，於是帶一種親情關切的語氣問道：

「四嫂，你是醫學院畢業的，照你看，要不要把四哥送到醫院去治療？」

我笑答道：「在我們的世界裡，今開的確算得上狂，可是，在他的世界裡，他倒是最清醒的一個。」金楢聽了，愣了好一會，如果不是出於我口中，他斷難接受這個事實。

我平生所受的家庭教育和醫學訓練，使我養成平實的作風，凡事一為一，二為二，從不誇張，故能取信於人。因此，我證言《狂人百相》內容大致都很寫實，大家不會不相信，但又不得不起疑：林今開的周遭怎麼會有那麼多的狂人呢？我對此早先做過常規的四字解：「物以類聚」。自從嫁他之後，我再也不能抱持此種看法，經過七年夫妻生活的經驗，我發現林今開對人性（尤其是狂性）的感受力、觀察力特別敏銳，他意欲在新社會中發掘新的狂人，以增補、擴充，重編出《新狂人百相》，我看著他從人海中怎樣去尋找、追逐、捕捉狂人，我也興趣盎然地幫著他做記錄，交由他編織成文，然後再幫他謄正；他又修改，我再謄正，往往如此反覆修改達七八次之多，才肯罷手。在這過程中，我竟也著了迷，尤其在重抄他的改稿，每一情節、語句，甚至一個標點的變化，都引起了我深濃的興趣。當然，很多親友都笑他或我太糟蹋人，怎麼叫個女碩士當他的抄寫員呢？我卻不以為然，而引為獨享之樂，也調劑一下我枯燥刻板的醫學生涯。

此時，我正在美國杜蘭大學進修，聞《新狂人百相》即將問世，心裡好樂，不料，林今開又狂到叫我作序文，我身為其妻不可不從其狂，於是，依實情寫下這幾段話以為序。

擱筆此時，彷彿間，我覺得正伴著林今開共飲下一杯陳年的醇酒似的，是一種芬香。也是一份分享。

周碧瑟

一九八五年元月十四日

寫於美國杜蘭大學

自序

我寫《狂人百相》這本書，歷時三十年，似乎寫得沒完沒了。初版於一九五四年問世，由臺南市經緯書局出版，那算是一種雛型；二十年以後，我略添幾個狂人，改由臺北市星光書報社出版；如今，又經過十年，這回大加添刪、改寫、擴充、整編，以嶄新的面目出現。

狂人本是時代的一種特產。最近三十年，臺灣社會變化激劇，有些老狂人已在社會的熱爐中蒸發掉了，卻又產生出許多新的狂人來。我當初預見及此，始終未把版權賣斷，以便收回重新改寫，這一回，添刪改作的幅度都很大，故易名《新狂人百相》。

十多年來，臺灣三家電視臺❶的節目企劃人都曾先後來過，跟我商討有關本書改編電視劇問題，初見面，我都先說一句話：「我自己知道，這本書寫得並不好，但是，絕沒想到它竟壞到可以編電視劇的地步。」此語一出，相視而笑，彼此進退自如了。

曾經幾番洽談與嘗試，電視劇都沒演成，我總算對得起我的書了。至一九七五年，突然出現一匹黑馬劉蒼芝小姐來訪，徵求我同意她把此書改編舞臺劇上演，並提出包括三家電視臺明星在內的演出陣容，計有王景平、田琛、吳燕、孟令名、范鴻軒、唐琪、鄔裕康、鄧珏人、蔡憲華、劉天麟、傅雷等十一位。

我著實很驚訝，倒不是因為演什麼舞臺劇，卻為眼前這位女狂人——劉蒼芝，她有勇氣上演《狂人百相》，未免太狂了吧！不過，狂人確實多能成事，在她籌劃之下，居然由雕塑大師楊英風先生擔任舞臺設計，又動員影視界一批後臺人員，終於當年五月十二日至十四日，在臺北市實踐堂連演三個夜晚。

臺後的「劇情」往往要比臺上演出的更精采，演出之前就有一段好插曲。當劉小姐向市政府提出演出申請，經主辦官員審查之後，認為《狂人百相》劇情尚可，惟劇名不雅，堅持改為《妙人百相》始予批准，劉小姐受此挫折，洩了氣；我卻為之大樂，此乃世之奇緣巧合，才遇上這麼一位「妙官」，作此「妙」批，我願從「妙」命，既能順利上演「妙」劇，又使《狂人百相》添一相，突破了一〇一相。

在新進的狂人名單中，藝術家席德進、柯錫杰等諸好友都加入，而與我的老爸爸同列於「名士狂」一卷中，覺得備加熱絡；書中一篇份量最重的〈幽明之間〉，那位死了十九年而「復活」的女主角蘇菱娜，此情雖幻，但她在人世「重現」時所作的留言卻很真切，值得我們回味深思。

---

❶ 三家電視臺：即一九六〇、七〇年代先後創立的臺視、中視、華視，一九八〇年代開始盛行有線電視（俗稱第四臺）後，它們被稱為「老三臺」加以區別。（編按）

往後十年，我會不會再寫新的狂人？我沒有什麼把握，知心的朋友都道我已隨年齡而正常，而不可愛；甚至埋怨我給那學醫的妻子周碧瑟整修得過了頭。如果往後我真的正常到再寫不出狂人來，倒也值得稱慶，大家可免予進「狂人堂」的威脅，尤其是接近我的朋友們。

在最後定稿這一刻，像高速反轉電影似的，三十年的世事滄桑，人海浮沉的景象，一連串閃過腦幕，追映完了，眼前隨即一片空白。當我從寫字檯前立起之前，該謝謝沙牧兄為我作〈跋〉並校訂，素化女士為我寫〈跋後跋〉❷；同時感謝遠在美國杜蘭大學的內人周碧瑟，當她在有如「層峰疊嶺」的博士論文的高壓下，竟硬榨出一點時間來為我作序，非常難得，謝謝！

林今開

一九八五年四月一日

愚人兼狂人節

❷ 無論是最早兩個版本的《狂人百相》或作者後來重新出版的《新狂人百相》，市面上均難再覓，對今之讀者而言，兩書皆顯陌生，好讀因而將絕版多年的《新狂人百相》，名為《狂人百相》，重新出版，以饗讀者，惟本書未收素化女士所寫文章，尚祈見諒。（編按）

楔子——瘋人院的牆裡牆外

瘋人院通常都設有一道圍牆，牆裡有狂人，牆外卻更多。這本書的照明大半投射在牆外的狂人身上。

在說牆外狂人百相之前，讓我站在這牆邊，先說一則牆裡狂人的故事。很久以前，臺北一家精神病院曾經發生過這麼一樁事情——

一天早晨，臺北士林區王太太到精神病院去探望她哥哥的病，她才走到醫院圍牆邊，就聽到牆裡傳出一陣陣淒厲的叫聲，她害怕起來，畏首縮腦走進大門，躡手躡腳朝著一條長廊走去，生怕哪個角落裡躍出一個蓬頭垢面的瘋子來。

這時候，一位來自宜蘭的周先生從走廊的另一端走過來，因他被瘋老婆揍過好幾回，嚇破了膽，於是東張西望，提心吊膽地走著，就在那走廊上和王太太相遇。

王太太眼見迎面來了一個鬼頭鬼腦的男人，神色有異，她慌忙縮到廊牆邊，小心提防著；而周先生望見對面那個女人向他直瞪眼，吃了一驚，趕緊閃到另一邊，舉起雙拳準備應變。王太太見那男人擺出了架式，嚇得渾身抖顫，雙手一軟，手中的兩簍水果、雞蛋滑落地上，掉頭奔跑，大聲嚷著：「救命呀！救命呀！」

周先生料定她是神經發作，趕緊轉身奔逃，在拐角處撞上一位護士，她手中端著那盤注射器，唏里嘩啦，碎落遍地，幾位探病者看到，大聲高喊著：「病人逃走了，病人逃走了！」

這時，第三病房一位護士正給一個烈性病人打針，聽到房外一片嘈雜聲，走出來察看，忘了把門帶上，那病人大搖大擺地走出來，把所有病房的門閂都打開，讓瘋子們紛紛脫籠而出，整個醫院立時陷入混亂恐怖的狀態，瘋人和非瘋人打得難分難解；許多好心人竟幫著瘋子把那些受驚的探病者推進病房，牢牢地囚禁起來，王太太就是其中的一個。

她猛力敲著房門的小窗洞，又哭又跳地嚷著：「開門呀！我是好人，我是好人……」

患著精神分裂症的哥哥居然出現在房門口，向旁觀者打躬作揖道：「謝謝各位幫忙！謝謝各位幫忙！」

「她是你的什麼人？」一位好心人問。

「唉！我的妹妹，從小就發神經。」

「哥哥，你胡說，我是來看你的呀！……」

「妹妹，你在這裡好好地休養！我上班時間到了，改天再來看你，再見！」

王太太就這樣昏倒在地板上，直到護士長查點病房，才發現有女「病人」昏倒在地上，可是，怎麼找也找不到她的病歷表。

這是臺北一家精神病院偶然發生的小事件，簡直是這個現實世界的寫照。在這個極度緊張不安的世界裡，幾乎人人都懷著王太太進瘋人院的心情而生活著，見人便猜疑，各憑自己的主觀為準繩來衡量別人，稍有不對，就說他狂。

這件事使我想起南宋史上記載著一則寓言，大意是：從前有個國家，出了一口奇妙的泉水叫做「狂泉」，全國人民都飲這口泉水，於是個個都發狂，只有國王汲飲宮廷井水，所以不狂；可是全國人民都把正常的國王看做異常，深以為憂，因此，共同強迫國王接受各種藥物及針灸治療，弄得國王實在忍受不了，只好逃至狂泉，飲下泉水，便也發狂，全民目睹國王變得如此正常康泰，於是舉國歡騰，共慶太平。

這則故事很古遠，很神話，含義也很深。不過，把事實說顛倒了，哪有人民強迫國王飲用狂水的道理？我認為應該這樣倒過來讀才對——

從前有個國王，飲了狂泉之水，狂性大作，直認為萬民皆狂，唯他獨醒，因此，嚴令舉國人民，共飲狂泉，果然一體遵照，全民皆狂，於是龍心大悅，舉國歡騰。

這則狂史，一經顛倒來讀，既合古代體制，也合近代世情。在今日民主科學的時代，仍有許多國家政府強迫人民學飲狂泉，且用狂泉洗腦。

這故事又告訴我們：自古以來，「狂」與「非狂」，在觀念上早已混淆不清，加以近代科學進步，人的狂性花招越來越多，整個世界光怪陸離，一切景象都是搖晃、重疊、扭曲、混亂的，人人生活在狂泉之畔，看慣那搖搖晃晃、扭扭曲曲的倒影，而視之為事實真相。

人，本來就是宇宙中的大怪物，在任何動物的眼裡，人類是最無能的（本能），而且窮得連身上遮物也須自備，偏又自大，不守本份，好管閒事，自尋煩惱。人類的行為極為殘忍，卻具有一副好心腸，既肉食，又放生；既殘殺，又救苦救難，實在是動物界中最無聊而可笑的一種怪物。照理說：人與人之間應該彼此見怪不怪才是，可是恰恰相反，人的古怪行為卻最不為人所見容。

在這本書裡，我描繪出各類型狂人的臉譜，提供讀者去尋找自己及親人的影像，一經核對出我們自己狂到什麼程度，就不難了解別人的狂相，而且會覺得那些狂人比以前看起來順眼得多，甚至有點可愛也很可憫。我們既然多少都帶點狂相，而且必須在這狹小的地球上繼續相狂下去，就必須互相了解、同情與容忍，使我們共同相處得好一點，也快樂一點。阿門……。

I

名士型

神要誰創造，先使誰發狂

有其子必有其父

未落筆，先發狂，我竟把「有其父必有其子」寫顛倒了，一想，顛倒得頗有妙處，就以此題開卷吧！

狂，有正負兩面的價值，古希臘人所謂「神要毀滅誰，先使誰發狂」，那是正人君子從負面去看狂相；我卻立在這道圍牆邊上，很仔細地朝正面察看狂相，倒覺得「神要誰創造，才使誰發狂」。

我們可以舉出一百個例子證明希臘這句名言的負面觀，同時也可以舉出一千個例子證明我的正面觀。古今中外，許多偉大的哲人、文學家、藝術家，以及所有改變歷史的人，大都被目為狂人。

我開始寫狂人的故事，照天理公道，我應該先寫我自己，可惜，自己不能為自己「照相」，所以先從我最敬愛的父親說起，他實在狂得可愛，可惜辭世得早，他在泉下若還有靈，知我在寫他的狂事，他一定好樂。

我父親精於數學，又醉心於詩文，於是，他常常在理性與感性的兩極間奔馳神遊著，雖然，他老人家走路走得不很穩，可是他的心靈很活躍，能飛又善游，隨時可以抽離自己，魂飛神遊到物外去，而留軀體於人眾中。

有一天下午，我家廚房失火，母親呼天搶地求救，鄰居聞聲紛紛奔來，拆瓦攀牆，提水灌撲，接著消防車開到，好容易才把火苗撲滅，廚房毀掉了一半，這時父親突然出現在走廊上，緩緩地走過來，驚訝地問道：

「你們幹麼這樣的吵吵鬧鬧？」

母親向他說了災情，隨即問他剛才往哪裡去了？父親指著左廂書房說：「我一直在那裡看書，一刻也沒離開過。」

要不是大家知道他的性情，誰也不會相信一件驚動四鄰的火警，他就在書房裡竟然毫無所覺，他真的是個「視而不見」、「聽而不聞」、「食而不知其味」的人。他喜歡吃吾鄉一種土產「蔥餅」，母親常買蔥餅消夜，因父親習慣一邊讀寫，一邊吃，於是，經常把蔥餅送進書房給他。有時候，父親工作完了，從書房裡走出來，瞥見我們正在吃蔥餅，便帶著責備的語氣說：

「豈有此理？你們吃蔥餅，怎麼沒有我的份！」

「你吃過了！」母親說。

看父親那半信半疑的神色，母親默默地帶他回到書房，她從書桌上隨手撿起幾片遺落的餅屑，他這才若有所覺地點著頭說：「哦！怪不得，我這樣飽。」

這樣的事情連續發生以後，母親很擔心，她不怕人家閒話，但怕妨害父親的健康，於是對父親下了一道嚴格的命令：「從今以後，不論日夜，要吃東西，必先繳交書籍文具。」這在父親看來，較之全國下戒嚴令嚴重得多。每回母親備好點心，務必強制執行，繳下父親手中的文具，當然，父親好不高興；可是，吃了，卻大喝采：「好！好！好點心！」母親往往很感慨地說，早先父親所吃的全白吃了。

父親最使我傷腦筋的事，莫過於替他尋找東西，他一天少說丟十來次，而他隨身的物品又多，計有：眼鏡、書本、手杖、水煙筒、煙袋、手帕、鋼筆、帽子、扇子等等，以上諸物，缺一不可。他才從東家走到西家，起碼丟下一兩件，我經常得往四處尋找，有一個我最不樂意去、卻是他最常丟的地方——廁所。

有一天早晨，他要出門去，叫我給他拿手杖。我找遍各個房間包括廁所在內，都沒找到，於是回說：「爸爸！找不到。」

他正出神，聽我說找不到，順手拿起挾在他臂肘中的手杖，朝著我的小屁股打過來，罵道：「飯桶！再去找。」

這一打罵提醒了我，手杖就在他的手中，於是，鬆了一口氣，輕聲地說：「爸爸！手杖就在你的手裡！」他驚訝地一看，又歉然一笑，出門去了。

又一次，他從外頭回家，才走到巷口，距門廳還有一大段路，便大聲呼叫我母親，全家人都驚動了，想必有大喜之事相告，紛紛奔向廳前，但見父親得意洋洋地站在門口，用手環指著全身說：

「你們看！我今天出去，闖了好幾家門戶，一件東西也沒丟。」

我好樂，走向前去檢查，果然他隨身物品一概齊全，奇蹟，真是奇蹟！

「唉！」母親苦笑著說：「你又錯了！」

「我有什麼錯？」父親好不服氣問著：「件件齊全，丟了哪一件？你說！」

「你今天出門，根本不曾戴帽子。」母親柔聲低氣地說：「你竟把別人的帽子戴回來了！這比丟東西更不好。」

父親趕緊摘下帽子一看，好像個小學生本想考滿分，卻只得五十九分一樣地洩氣。

這麼說，我父親豈不患了嚴重的健忘症？恰恰相反，他具有超人的記憶力，讀書過目不忘，對歷史人物年代如數家珍，每指引我查考文史資料，常能道出在某經史的大約卷數，偏差極少。他上數學課向來不帶書，且禁止學生打開課本，由級長告訴他當日課題，他就拿起粉筆在黑板上寫下定理或公式，然後演算例題，他這樣做，為使學生專聚精神聽課，直至指定作業時，才打開課本看習題。他常常一邊走路，一邊用右手指在空氣中劃寫著瞧不見的數字或圖形，那必是遇上了難題；一旦靈感突至，演算出來，他會洋洋得意地手舞足蹈起來。

若論打麻將，他也真有一手。他把全副牌子覆在桌上，拿牌只憑一摸，不瞧一眼，便決取捨。我母親也喜歡打牌，如果輪不到她上桌，她也得坐桌邊觀戰，當然就不許他佈「覆牌陣」，常常因此爭吵起來，我很討厭父母同上牌桌，可是，退一步想，如果不打牌，他倆永遠不吵嘴，婚姻生活又未免太單調了。

我父親一生不求名利，過著寒素的生活，可是他的精神領域卻非常廣闊富麗，經常神遊於無窮盡的數理宇宙中，又復寄情於綺麗無比的詩文世界裡，他所以能享此幸福，得力於賢慧的母親。她雖無學，不諳詩書與數理，卻具有宏大的胸襟，容許我父親在她所巧築的生活防波堤內，自由奔馳於詩文與數理兩極的境界上，除了現實生活所需要的照顧和享受外，她盡可能避免把他從「神遊」的境界喚回來。父親能熟記歷史上名人的生死年代，卻未曾一次記得她的生日，她從無怨言，她深知他由衷地愛她，就夠滿足。父親有這麼一個好妻子，才有資格做這麼一個狂人。

抗戰結束前一年——一九四四年三月，父親患肝癌逝世於福州協和醫院，在病中，他口述遺囑，命我做記錄，遺囑開端是一首〈示兒〉詩，用對比的手法素描了他自己和他的家，詩曰——

半因結習半饑驅，坐老寒氈六十癯。
自慰平生祇一事，秋栽桃李滿千株。
門盈問字兒書廢，術擅持籌生計窮，
眞是芸人翻舍己，而曹休要怨而翁。

河山滿眼盡夷氛，而姊而昆尚寇中，
記取太平團聚日，雁行祭告慰而翁。

我記錄好了，拿到病床給他過目，他用口示改正，把我所錄詩中「爾」字全改為「而」，如「爾曹」「爾翁」「爾姊」「爾昆」等都改作「而曹」、「而翁」、「而姊」、「而昆」；另一處「手栽」改為「秋栽」，我不免疑惑起來，他解釋道：「秋」作熟解，好一個「秋栽桃李滿千株」。

這首詩，他用對比素描法，在瀟灑中顯得很淒愴，「門盈問字兒書廢」是他於臨終對兒女的一份遺憾；「術擅持籌生計窮」，這「持籌」顯指他是學「數」的，卻把生計弄得很窮，顯然也對家母懷著歉意，那年頭的中國士人，是很不習慣用文字向妻子表達什麼的。

那時，我的大姊和三弟都陷身於日軍佔據下的印尼，音訊斷絕好多年，父親臨終時思念甚深，故有「河山滿眼盡夷氛，而姊而昆尚寇中，記取太平團聚日，雁行祭告慰而翁」的叮嚀。因為戰火連綿不輟，一直是一個戰爭又接一個，兄弟中只偶爾個別相逢，始終未成雁行。直至一九八四年十二月廿三日，六兄弟相約從各地齊集香港銅鑼灣，相逢於利園飯店，終於實現了「雁行祭告」的心願，為時相隔四十年，是亂世中少有的喜劇。謹以此文遙祭我最敬愛的父親舫孫先生。

席德進的算術

一九七二年，一個冬天的早晨，我在臺北市武昌街中華藝廊經理室裡，從嵌著玻璃的隔牆透視出去——畫廊上的燈光通明，卻未見人影，顯得有點淒冷，倒是左角櫃檯邊有點人氣，相對坐著一男一女，女的是畫廊會計莊錦蘭小姐，男的被廊柱遮住半邊臉，認不出是誰，他們的動作引起我的注意，莊小姐頻頻地數鈔票給他，而他也頻頻地點鈔票給她，如此反覆好幾回，我推斷這必是一場賭博。

我於是輕步走出經理室一瞧，他原來是大畫家席德進，我於是趕緊退回去。透過辦公室對話機，我請莊錦蘭小姐到經理室來。過了好一會，她才垂頭喪氣走進來，一看便知她輸了大把鈔票，我用手勢請她把門關上，然後，輕聲而鄭重地警告她：

「本畫廊絕對禁止員工賭錢，尤其對畫家，不得有任何金錢的瓜葛，請你趕快將牌局收拾起來。」

「什麼？我賭錢？——」她驚愕地望著我，「林經理，您看走眼了吧？」

「剛才，你們在櫃檯上所作所為，我都看到了，那不是賭錢，難道是玩把戲？」

「啊！老天爺，您誤會了。」

「那是怎麼一回事？」

「林經理，我們都很尊敬席先生，請您坦白告訴我，他有沒有受過小學教育？」

「我肯定地回答你：他不但受過正規的學校教育，而且畢業於我國第一流藝術專科學校。」

「哼，我看不像！」她嗤之以鼻，「他連最簡單的算術都不懂，今天，他到畫廊來結帳，他的畫一共賣掉了六幅，我把六幅畫資加起來，扣除三成佣金，就是他的所得，不料，他硬是不肯，堅持要一幅一幅的結算，而且要我先把第一幅畫資全數給了他，他才從中取出三成佣金給我，然後，再照這樣方式結算第二幅畫，一直算到第六幅，好累人啊！當然，我是小會計，他是個大畫家，我能忍則忍，可是，他還賣掉一大堆畫冊和畫片，堅持也要那樣算法，我的命快要給他算掉了，你不來救我一把，反誣我在賭錢，我真不甘心！」

我於是陪她出去，和席德進寒暄一番，隨即討論有關算術加法問題。我告訴他：六幅畫資的總和，扣除掉三成佣金，和每一幅畫資逐一扣除三成的總所得，是完全相等的。

「會相等嗎？」他緊皺雙眉，困惑地望著我；苦思一下，接著說道：「既然是相等的，還是按我的方法計算，我才安心。」

我的視線一觸到他那正直、率真、堅定、執著的眼神，我已了然，任何數學法則對他都起不了作用，終於知難而退。

傍午時分，莊小姐走進經理室，她低著頭，坐在一張木椅上，好一會子，不發一言。

「帳都結好了？」

「結了。」

「辛苦了你。席德進的畫的確很受歡迎，所以，只好請你對他多加忍耐。」

「我想，這不是辦法，如果他的畫一直看好，我得專門來侍候他，別的事都不用做了。」

「這一點請你放心，如果真有那麼好的景況出現，本畫廊就專聘一位『席德進的會計』來侍候他，還怕負擔不起嗎？」

一向講求績效的莊小姐對我的想法很不以為然，她的結論是：「我們與其為他聘請一位專任會計，不如為他聘請一位算術老師給他惡補一下，豈不一勞永逸？」

「從會計學上看，你的見解是正確的；可是從畫廊學上看，你錯了。席德進的畫是一寶，他的怪脾氣也是一寶，都千萬修改不得！」

話說至此，長鬍子畫家張杰氣呼呼地推門而入，劈頭就罵席德進：「這傢伙太不夠意思！」我問其故，他接著說：「半年前，他向我買一幅畫，剛才他打電話催我去收畫款，我就去了，撳下門鈴，他出來開門，只伸出一個頭來，叫我在門口等著，隨手又把門關上，過了一會，他打開門，遞給我這包錢——。」

「錢短少了？」

「不，錢倒一分也不少。」長鬍子說：「我氣的是，憑他和我的交情，他至少得請我進門去喝一杯茶，他居然對我擺出大官邸的氣勢來！」

「你錯怪了他。」

「難道他金屋藏嬌，怕我張杰看到不成？」

「才沒有那麼美，」我搖著頭說：「他的錢從來不放在銀行裡，都藏在床底、牆角、天花板上，你上門收畫資，他怎麼好讓你看寶呢？」

「原來如此。」

席德進一生苦守獨身，只為不信任兩件東西：女人和銀行。

——刊於一九八一年八月十二日《聯合報》

「太空」的腦袋

人性好懶，凡事多愛採取二分法，癮君子把人分為吸菸和不吸菸的；酒仙把人分為喝酒和不喝酒的；我卻把人分為適合結婚與不適合結婚的。凡名士型的人大都被我列入最需要結婚、而又最不適合結婚的一群，這是上帝創造天才人物時，在祂的傑作中留下一處大敗筆。

張佛千教授看過舊版《狂人百相》的第一狂，他讀到我描寫我的父親那一章，頗有感觸，在《大華晚報》❶為文評述，特別推崇我的母親，他說，如果我沒有那麼一位好母親，不可能產生那麼一位狂得可愛的好父親。

近代歐美國家出現了許多嬉皮狂士，國人皆以為時髦，其實我國自古是個特產嬉皮狂士的國家，尤其是在漢唐盛世年代特多。在我國古「先狂」賢士中，我最喜歡的是瘋僧人賈島，他終日瀟瀟灑灑、瘋瘋癲癲。有一天，他騎驢進城，在大街上，兩眼不瞧古代街道的「紅綠燈」，心裡還在推呀、敲呀地斟酌「鳥宿池中樹，僧敲月下門」句子，直撞上威風凜冽的過路官大爺，幸好那大爺是京兆尹韓越先生；不但放了他，還當街替他決了那一字之疑。

這樣的一個狂士，如果娶個老婆，在別人眼中自必非常詩情畫意，可是，一旦哪個癡勇的女子嫁給了他，她才不入詩入畫呢？古代詩僧賈島、近代畫人席德進所以特別討我喜愛，因其瘋中有智，糊塗裡而有自知之明，終身不娶，以免害人誤己，既灑脫得開，亦富責任感，古今名士們多不如他，大半都是不可一日無老婆，而且不一而足，也不顧什麼「生育計劃」，更無所謂幾個孩子才恰好，於是把家庭弄得一團糟，卻埋怨國家政府、社會人士對天才人物不夠關心，不夠照顧。

所謂「狂士」，是「天才」與「瘋子」間一縫之隔，藝文界有之、科學界也有之，中國有之、外國也有之，牛頓煮手錶、開貓洞是也。我原想，近代西方國家高度工業化了，社會生活又那麼複雜緊張，類如賈島型、牛頓類型人物，自必在西方城市中絕跡，或則早被壓馬路的「市虎」吃光了，及至我到歐美各國一看，方知此等人物有增無減，不過，大多被侷限於小天地的「大天下」中。在歐美學府校園裡，常常遇見古怪學人，在我面前駐腳借問：「先生，請問您，現在我是在哪裡？」使我愕然不解其所問，後來經人介紹，方知他是這學府裡的一顆巨星。

在校區餐廳裡，有時會遇上個把老教授呆呆地端著自助餐的空盤子，許久、許久，癡癡地暗

---

❶《大華晚報》：一九五〇年於臺北問世，一九八九年停刊，創辦者是新聞從業人員，是一份很有理想的晚報，新聞的編採與社論素以確實、健康、公正聞名。而創立於一九九〇年的《大成報》乃承襲自它，隸屬宏國關係事業，報紙性質類似當時《民生報》，以影視娛樂及體育新聞為主，後於二〇〇六年停刊。（編按）

問服務生：「請問，我吃過飯沒有？……」

「您問的是早餐或午餐？」

「現在是早上或是下午？」

一聽這種聲氣，他大半是這學府的瑰寶，在人眾中顯得很黯淡，在學術圈裡卻熠熠有光。

遠的我所知有限，說近的好了。吾友天文學家陳博士，他和我交情很深，我對他的學術造詣十分欽敬，但對他的為人實在不敢領教。他除了天文之外，對於俗務簡直一點都幹不了。有一次，他打電話請我上天文臺去，我以為必有什麼了不起大事，原來他託我代填一份申請書。他說，他寧願寫一百頁論文，也不願面對一份申請書，我先替他填上姓名、籍貫、性別，然後擱筆問他：「你今年幾歲？」

他一怔，摸摸下巴，想了半天，說不出自己的歲數；又屈指計算了許久，還不能確定自己是三十五或三十六歲？幸虧我想起，他與我的叔叔同齡，才替他確定是三十六歲。

也算是奇蹟，像他這樣記性不好的人，居然會記得他自己辦公室的電話號碼「二七三三三五」，只是他記得太牢了，因此，每逢急事，他打電話給親友，常用這具電話撥「二七三三三五」號，那是永遠掛不通的，他就冒火了，拍案大罵電信局[2]。如果你認為他的記性不好，也不對；那複雜而冗長的天文學數字，他卻記得一清二楚。

他上了三十八歲，還未結婚，幸虧有個同事替他介紹一位小姐，經再三的催促，他才勉為其難地寫一封情書給她，他把信寫得潦草如鬼畫符。提起他的情書，還有一段趣話：有一回，他竟把情書錯放在寄給英國天文臺的信封中；而將天文圖件寄給小姐。

小姐先收到天文圖件，她誤作贈送一幅新式「繡枕」畫譜，非常高興，就去函向他致謝，並表示對他所贈的「繡譜」非常欣賞，而且正是她所需要的。

小姐的回函可把陳博士弄糊塗了，他記不起何時曾寄送繡枕畫譜給她，於是自責記憶力太差，連自己送給小姐的禮物都忘了，直至英國天文臺將他的情書退回，他才恍然大悟。

後來，那位小姐總算慕學者之大名，嫁給了他。直至生一個男孩子，她對丈夫仍然感覺很陌生。「家」對於他的意義與旅館相仿，妻不過是旅館的服務生，他每日回家吃飯睡覺，他領了薪，把薪俸袋往妻子身上一擲，除此之外，似無其他的關係存在。她對於他，只確切地知道一件事：他忠於工作，也忠於她；她僅僅憑著這一點，這個枯燥無味的家庭才能維持那麼多年。

然而，悲劇終於發生了。在一個秋天的深夜裡，孩子患了急性肺炎，非常嚴重。這時陳博士正在天文臺上觀天象，她打了幾次電話，只聞鈴聲，卻沒有人接，她急了，便關照傭人繼續掛天

---

❷ 電信局：成立於一九三二年，正式名稱為交通部電信總局。後為提升電信產業競爭力與服務品質，營運部門於一九九六年被分割成立「中華電信」，改以公司化經營，電信總局僅專責管理監督。二〇〇六年，國家通訊傳播委員會（NCC）成立，電信總局解散，NCC全面接收其業務、單位與人員。（編按）

文臺電話，她親自去找他。

她登上天文臺，看見他正聚精會神地觀察天象，她連喚三聲，他毫不理會；在靜夜裡，辦公室電話鈴聲聽起來特別響亮。

她用力把陳博士從瞭望鏡下拖出來：「小光病得快斷氣了！你還不趕快回家？」啪啦一聲！陳博士給了她一個耳光，憤怒地罵著：

「滾開！你這女人，毫無道理！你曉得嗎？此刻一個比地球大幾十倍的星球正在爆炸，這還不要緊嗎？家裡一個小毛孩生病，算得了什麼？」

他說了，繼續把眼睛貼在瞭望鏡上，她於是一邊哭著，一邊踏著石階回去。

第二天，陳博士拖著疲乏的身軀回到了家，他看不見妻子，也看不見孩子，屋裡留著一封她的信，她說，他和她及孩子的關係，在今晨隨著天空星光的泯滅而結束了。

奇人有奇症

一九八四年六月，我自華府剛飛抵芝加哥，吳永吉醫師就通知我：芝城有一位精神科醫師蔡俊晴有事欲見我，我覺得詫異，問情由，方知攝影家柯錫杰到過芝城，請蔡醫師做了精神分析檢查，他一再關照醫師，檢查結果不必告訴他，只須通知林今開就好了。

我聽了大笑一陣，事出有因：去年九月，我過路洛杉磯，偶然遇到柯錫杰，首次和他在國外相逢，樂不可支。因相知甚久，曾與他約過，我到美國定要他導遊，惟堅持一原則，所有費用皆由我支付。此番洛城之會，他卻堅持要做個大東主，理由是：為了一項攝影工程預付金，他剛剛拿到一萬美元在手，所以要好好招待我一番。我心想：這確是千載難逢一良辰，何況不花他的，他很快也花光，不如花他些兒，來日有得玩，於是跟他預約十二月尾我到紐約，首次光顧他老巢，則由我來花費，這是早年夢寐所求的事，終將實現，他好樂！

按原定計劃，我於當年十二月廿三日，自奇寒中的芝加哥飛抵冰封雪夜的紐約市。第二天早晨，我掛電話至哈林區柯寓，難得錫杰親自接聽，可是，他的聲音卻比紐約冬晨更冰冷，他說剛入睡，頭腦昏昏，過一會再聯絡，我便把電話號碼留下給他。隨後我很快約到了李小鏡，由他幫著我，平均每兩個小時打個電話給錫杰，大半由一位洋妞兒接聽（據說是分租人），都回說他不在，直到廿四日聖誕節，我應柯夫人（柯李錞菊）邀請到皇后區她家過節。好主意，際此聖誕佳日，小柯即使不歸，至少會打個電話向家人賀節拜年。當晚，我和成群的柯家兒女共度佳節，暢談甚歡，提起錫杰，他們莫不既驕傲也辛酸地說：「他的確是一個最好的藝術家，但絕對不是個好父親。」

這時，老四柯志湧提起一段很好玩的往事：一九八〇年早春，柯錫杰為籌備歸國第一次攝影展，將近兩個月光景，他表現得罕見的「愛家」，每日都守在柯家地下室，忙於裱褙裝框甚少外出。有一天早晨，春雨下得很緊，柯太太於是煩請他駕車送志湧到學校上學，這在柯錫杰是很稀罕的事，他便開車送湧兒到附近二〇六小學門口，就趕著兒子下車去。

「爸，這是小學，我上了中學。」

「什麼呀？」柯錫杰為之一驚：「你已經是中學生啦！」

柯錫杰就是這樣的一個糊塗爸爸。志湧像講聖誕故事一樣，好輕鬆地對我敘述這段往事，我聽了覺得好玩，也很辛酸。

當教堂響起了午夜的鐘聲，全家兒女間歇輪流打電話找爸爸賀個節，都回說不在，最後由我打一次，承那位小姐坦然相告，他在，但拒絕接聽。我默默地放下話機，說一聲：「恭祝大家聖誕快樂！」客廳上立時響起了歡樂的歌聲，四壁如虹的彩燈在熊熊爐火交映中，顯得分外絢爛，歡浪熱濤洶湧不已，卻掩不住我心中那隻模糊的孤影和一縷淺淺的思愁。

闔家通霄狂歡至天明，遍插茱萸少一人，辭別時，抑不住情，借筆疾書一函致錫杰。大意說：我常語人，我們可能在撒哈拉大漠遇到滿身灰沙的柯錫杰，而到了他的老巢卻不見他的影子——此本戲言，此時此景，幻成事實，我斷斷難以接受；末了結語，望他保重身心健康，特別關照他要到精神科請醫師檢查一下。

他果然到芝加哥做了檢查，我當大笑一陣，即請吳永吉醫師帶我到伊利諾州立精神病院拜訪蔡俊晴醫師。當我步入候診室，透過玻璃窗可窺見醫師正和一位病人談笑，他該算是我所見最勞累的醫師，不時跟那位年近半百的病人做捕風捉影遊戲，那病人不時在空氣中指東比西，醫師順從地用雙掌追逐拍擊，彷彿滿室盡是飛蟲，其實室中空氣清澈明淨，纖塵俱無，依我看來，倒像這家醫院的醫師比病人更瘋。及至拍擊累了，才由一位護士把病人帶出去，然後通知我：「林先生有請！」

蔡俊晴是一位很年輕的醫師，熱情地緊握我的手，爽朗地笑著說：「有句話，言在先，我以藝術愛好者身分，中午請您和吳永吉醫師共進午餐；現在，我以醫師身分執行柯錫杰之所託！把檢查結果向您……。」

「請等一等！」我請求著：「慢一點說小柯檢查的結果，我很好奇，先請教一事：剛才我看您一直擊拍著空氣，究竟是怎麼一回事？」

「那是一位初診的病人。」蔡醫師嚴肅地回答道：「他一走進門來，就怨訴室中到處是飛蟲，指著這邊一隻，那邊又一隻，我只好依他的話，一一追拍。我身為醫師，需先尊重病人，認同病人，然後再慢慢使他知道，事實上並沒有蟲，因為他感覺有蟲，所以替他打『蟲』，這樣做，先使醫師和病人的心合為一，然後言治。你能滿意我的回答嗎？」

「很滿意，謝謝！」

「現在，我向您報告柯錫杰檢查的結果，他患著一種『狂躁症』──俗話叫做『藝術過旺症』，此症會令人鼓舞快樂，也會冒犯世情俗規，令人苦惱難堪。」

「有沒有藥可治？」

「有的，而且很靈。」

天大的好消息！我一向以為：愚蠢是一種難症，倒很樂，可治也可不必治；天才是一種最痛苦的絕症，不可救藥。而今忽聞其可治，喜出望外，恭聽治療之道。

「不過，此藥有一得，也有一失。藥物的確能抑制他過旺的藝情，使他較能面對現實，做個隨俗循規的人。」蔡醫師停頓一下，然後痛苦地接著說：「可是，他的藝術生命難免會隨而衰退、萎凋，而且很難預估其可能衰退的程度。」

我默然不語，靜候最後的指示。

「關於這個病例，我身為醫師面對著一個難題：如果我做一個負責任的醫師，就必須做一個藝術史上的罪人──別無選擇！林先生，請教您，我應該治療他嗎？」

「不要，不要，千萬不要……。」

我的思路回轉到一九六七年十一月，柯錫杰首途赴美開拓他的藝術，柯太太特地從臺北回到高雄舊居，替她的丈夫向南部的舊日友好辭行，特別託我一件事，要我替她向錫杰轉達她的心上話：「這回他單身出國，如果在靈感上需要性的滿足，他儘管去找女人，一點也不必顧慮她，只要他的藝術能長進，我就感到幸福。」

這幾句話，多像舞臺劇上的感人臺詞，可是，我落腳在現實土地上，聽了忍不住破口罵她：「十三點的女人！」罵得她眼淚直滾流。我相信她是出於由衷之言，因我明知這註定是一幕悲戲的開端，忍不住要罵一聲。

五年之後（一九七二年），柯錫杰在紐約穩住了腳，柯太太攜兒帶女到紐約去，她為使錫杰專心從事藝術，每日外出打工，獨挑家庭生計，歷經十年的艱辛，終於在紐約打定了家的基礎，可是她漸漸開始跟錫杰計較，也會爭風吃醋起來，使一向被寵慣的丈夫感到拘束、委屈、苦惱，於是嫌她俗氣、現實、勢利，而不解藝術與風情。

一九八〇年至八一年兩年間，柯錫杰榮歸故里，先後在臺北「林肯中心」❶、「版畫家」畫

❶ 臺北林肯中心：位於臺北市中正區南海路、泉州街交口（近建國中學），一九九三年定為市定三級古蹟，現為二二八國家紀念館。這裡最初做為臺灣省議會的集會場所，後於一九五九年至一九七八年改由臺灣美國新聞處使用。一九七九年一月一日，中美斷交，「美國新聞處林肯中心」改稱「美國在臺協會美國文化中心」。（編按）

廊、「龍門」畫廊等處舉行個展，造成空前的轟動，在畫廊上，他有如一顆巨星，光芒四射，觀眾無不熱血沸騰，特別受到少女們熱烈包圍著；我自也不例外，不過心頭上另一半卻結成了冰塊，我不能不想到在紐約地下鐵入口處擺攤子的柯太太。這件事，我事前已在臺北芝蔴飯店[2]提醒過柯錫杰，叫他打個電話到紐約邀請柯太太回國參加開幕典禮，給她樂一樂，她自己會掏腰包買一張來回機票趕回來，而且不會超過四十八小時，也用不著趕，她會自動出境，對大家一點都不礙事，因為紐約的小生意對她才要緊，錫杰對我的話滿口稱是，可是，一轉身，他就忘了。我不能怪他存心不正，那年他在臺北幾番向我提起妻子的辛苦，他為了藝術，沒有能力照顧家庭，對她表示很感愧，可是，要他打個電話邀她來觀禮，不是他做不到，他根本沒有這個習慣，平常他朋友有什麼喜慶或喪事，他從未曾打個電報去致賀或致哀一下；偏偏社會人士對他特別寬容寵愛，說這才是脫俗，才是性格，正因為這樣，少女們對他才特別欣賞崇拜，他為什麼不趕快忘掉那些俗套呢？如果是我或者是你——也一樣要趕快忘掉它！這是所有名士狂者能在社會上暢其所狂的重要因素之一。

早些年，柯太太為了丈夫的藝術，曾寄語丈夫去找女人而求靈感，被我罵過「十三點」，但是，柯錫杰顯得很天真稚氣，他後來竟責怪柯太太言而無信，盡說一套漂亮話，實際上很會爭風吃醋，一點也不大方，更不知藝術為何物。難怪內人周碧瑟評估錫杰的「藝術智慧」給一百分，但是「感情智慧」給個零分。當年，柯太太那麼大方的奉獻，為了期待丈夫有成，好分享一點他的榮耀光彩，後來，她發現丈夫越有成就，她越落空，於是，她趕緊伸手抓，什麼都抓，以彌補她的空虛，因此錫杰嫌她俗、土、唯利是圖、口是心非。

類似的名士型婚姻悲劇在臺北藝壇上非常流行，不過，這個案例特別突出，因為這一對夫婦很可愛，也可憐，不幸因患了不可救藥的「天才絕症」，致造成家庭悲劇。以我曾經擔任臺灣兩個畫廊的主持人❸，職業使我看畫不僅僅看畫布的表層，而透視穿過畫布的背面去，深知許多藝術傑作的表層是用油彩塗上去的，而畫布的背面卻暗塗著層層濃烈的女人血淚。

---

❷芝蔴飯店：正式名稱為芝蔴酒店，位於臺北市信義路、安和路口的「芝蔴大廈」，是一九七〇年代名滿臺灣各界的旅館。（編按）

❸作者於一九六二年負責高雄新聞報文化服務中心畫廊；一九七二年主持坐落於臺北市武昌街的中華藝廊。高雄新聞報文化服務中心畫廊，正式名稱為「新聞報民眾服務藝文中心」，一九六二年六月，由畫家劉啟祥與林今開一起創立；此處的新聞報是指《臺灣新聞報》，由當時臺灣省政府所屬中文報紙《臺灣新生報》的「南部版」獨立而成。畫廊就設在中正路上當時報社的一樓。（編按）

2

幻覺型

透過心靈的折光，往往把自己當別人

腹中蛙鳴

這好像是一篇童話：有個九歲的小孩在池中游泳，於水光波影中，彷彿瞥見有隻青蛙迎面游來，轉眼就消失了，過了片刻，也許是下水受了涼，他肚子裡發出咕嚕咕嚕的響，他著了慌，可不是青蛙游到他肚子裡去？正疑慮間，又感覺肚子裡有什麼東西撲通撲通地跳著，於是料定青蛙在他肚子裡玩起把戲來！太可怕了！他急奔回家，邊哭邊嚷著。

「媽，青蛙游到我肚子裡去！」

「不會的。」他母親安慰著說：「青蛙的眼睛亮得很，怎麼會從你的嘴裡跳進去呢？你一天到晚蹦蹦跳跳，也不曾一次跳到黃牛的嘴裡去。」

他稍安心，過了一陣子，又嚷起來：「唉喲，媽呀！青蛙爬上來啦！我想吐，喔！喔……。」

他並沒有吐出什麼來，只是咽喉裡咕嚕作響，感覺有什麼塞在喉管裡似的，他母親端一杯開水給他喝，喝了一口，鬆了一下。不一會，他又嚷起來：「哎呀！青蛙往腸子裡爬，好痛，好痛啊！爬下來了！」

他母親便帶他到附近一家醫院去求診，醫師不相信這回事，草草診察一下，便勸這孩子不要疑心，沒有事，不理它，就好了。母子倆於是回家去，才走到半路上，這孩子又窮嚷窮哭起來，硬說青蛙在啃著他的腸子，一陣一陣地痛著，她只好再帶他到醫院。

醫師看見這孩子又噙著眼淚走進來，便問：「你怎麼啦？」

「青蛙咬著我的肚子。」

醫師笑著，拿起聽診器，按在他的肚皮上一聽，煞有介事地說：「啊！果然有隻青蛙在肚子裡，護士呀！拿個盆子來，看我捉拿青蛙。」

孩子聽了，又驚又喜，醫師給他注射了一針催吐劑，好靈驗，只一下子，但覺翻腸覆肚，直想嘔吐，醫師輕拍著他的背，說：「青蛙快要出來了！你朝這盆子裡吐，別緊張，好好地吐出來。」

哇的一聲，他大吐特吐，瓷盤裡盛滿了胃裡吐出的穢物，其中有菜汁魚渣，一塊青的，一塊黃的，醫師就指著說：「你看！好大的一隻青蛙，已經被藥針打得粉身碎骨，這一針，真厲害！」

「青蛙！青蛙！」護士小姐附和著。

這孩子吐得天旋地轉，看不清盤子裡有什麼，氣咻咻地喘著，護士便將瓷盤移走。這孩子漸漸感覺舒服，平靜下來；他的母親站在旁邊苦笑著。

「肚子還痛嗎？」醫師笑著問。

孩子搖搖頭。

「那麼，我們回家去，謝謝醫師。」他母親說。

當她正繳納診療費，忽見孩子神色又變，直奔向她的懷裡，緊抱著哭。

「又怎麼啦？」

「媽，媽，青蛙要是在我肚子裡下蛋，那可怎麼辦？」

「不，不會！」她安慰他：「一會兒的工夫，哪裡會下蛋？不會的。」

他仍哭個不停，說青蛙是頂會下蛋的，只要一會兒，就會下一大串的蛋，要是在他的肚子裡生出小青蛙來，那可不得了！於是，又帶他走進診療室。

「對！對！母蛙會下蛋，」醫生說：「等我去看一下。」

醫師走出去，在走廊上兜了一圈，就走回來說：「小朋友，好造化，好造化，我把盤子裡的青蛙撿起來看過，幸虧那是一隻雄蛙，你可以放心了吧！」

這位小朋友才乖乖地回家去。

少女吞針

再說一則大一點的女孩的故事。

劉阿蓮的母親是個洋裁師，阿蓮自高雄市鹽埕國中畢業後，不再升學，就在家裡學裁縫，幫她母親做活。

這一天早晨，阿蓮吃過早餐，端坐在縫衣機前，正欲抽線穿針，瞥見機檯邊放著一張報紙，報上赫然出現兩行驚心動魄的標題——**「溫霞縫衣不慎　針刺血管斃命」**溫霞明明是她小學的同班同學，這標題對她太刺激，於是急取報紙細讀：「**（本報訊）本市某女中學生溫霞，前夜十時在家縫衣，不慎被一根未穿線的縫針子所刺；針由臂入，穿進血管，有如輕舟下三峽，直游心腑，不治而死……。**」

阿蓮讀了這條新聞，心中非常難過，同時，她警覺到一根小小的針兒竟會使人致命，於是，她自責平時對針子太大意，隨意散落，實在是一件危險的事。

她一邊想著，一邊調整縫衣機，這才發現機上的縫針折斷了，她於是取出針盒，挑出一根，習慣地將針啣在嘴唇間，然後卸下斷針，正欲把那新針裝上，一摸嘴巴，針子不翼而飛。

她摸摸身上的圍裙，又站起來抖了兩下，不見針下落；又從縫衣機一直找到地板，遍尋不著。這根針哪兒去呢？正思索間，視線觸及那張報紙的吞針新聞，她的心猛然一跳，立即意識到，她已經把針吞進去了。

她試嚥一下口水，哎呀！喉嚨裡一陣劇痛，哇啦一聲，驚哭起來，母親聞聲從廚房裡奔進來。

「阿蓮，怎麼啦？」

「啊！媽！我把針吞進去了！」阿蓮的雙手捧著咽喉。「啊！痛啊！」

劉媽嚇得渾身顫抖，叫著：「我的天！這怎麼辦呢？你張開嘴來，讓我瞧一瞧，阿蓮，別吞口水，吞下口水，就沒救……」

「哎呀！媽！我吞下了口水……」

「你吞了口水？那還得了！快一點，張開嘴巴！」

劉媽拿著電筒照射阿蓮的喉嚨，左看右看著：「不見針，也不見血，你究竟吞進去沒有？」

「媽，快上醫院去！」阿蓮從母親的手中掙脫開，手指著報紙說：「我的同學，前天被針刺，就因為救得晚才死掉，媽，你快送我到醫院去。」

劉媽趕緊僱一部車子，送她到市立醫院❶，不掛號，直奔入耳鼻喉科。

喉科主治醫師用儀器診視了一番，然後說：「咽喉裡沒有東西。」

「哎呀！醫師！有呀！」劉媽懇求著說：「我的女兒明明把針吞進去，她痛得很呢！醫師，求你救救她！多少錢都不要緊，只求你把針取出。」

「她的喉嚨裡根本沒有東西，叫我怎麼拿？」

「你看得清楚嗎？」

「我保證她的喉嚨裡沒有東西。」醫師回答。

「我，這一陣不痛了！」阿蓮說。

劉媽安了心，便帶阿蓮回家去，當街嘀咕著：「見你的鬼！一忽兒痛得很，一忽兒又不痛！」

劉阿蓮一進家門，她的神色又變，直嚷著：「哎啊！現在這裡好痛……啊！媽！痛喲！」她手指腹部說。

「糟了！針子到了胃裡！趕緊再上醫院去！」劉媽正轉身出門叫車，阿蓮又嚷著：

「哎喲！轉到右邊來了，哎呀！天啊！我死得好慘！」

「阿蓮，什麼事呀！哭得這樣！」

這時隔壁的李伯伯走過門口，看見阿蓮那副哭相，停下來問著。

劉媽就把吞針的事訴說一遍，李伯伯若無其事地說：「小事情，不用哭，阿蓮就算吞下十

---

❶ 市立醫院：原名高雄市立醫院，創立於一九四六年，即今日高雄市立大同醫院，現委託財團法人私立高雄醫學大學附設中和紀念醫院經營。（編按）

根、八根針，只要我教給你一單偏方，包管沒有事。」

阿蓮一聽有偏方可治，不哭了，細聽著李伯伯說：「劉太太，你趕快叫人去捉一隻蝦蟆，把牠的兩隻眼睛挖下來，叫阿蓮生吞下去，你可知道，蝦蟆的眼珠有磁性，一下肚子，就會自動尋針，一碰上針，蝦蟆那對眼珠立刻蓋住兩頭針端，就保住了五臟六腑，阿蓮儘管照常飲食，過一兩天，針自然會從肛門通出來。但是，要記住，吞一根針，要捉一隻蝦蟆，吃下一對眼睛，假如，吞兩根針，要捉兩隻蝦蟆，吞四個眼睛，假如吞下三根針，就要……。」❷

「謝謝您，我懂了。」劉媽趕緊截住李老頭的話：「我們幸虧遇見您，我的女兒有救了，不過，請教李大伯，這時候，我們到哪裡去捉蝦蟆？」

「花幾個錢，有辦法的。」

「田蛙行不行？」

「笑話！」李伯伯說：「田蛙怎麼行？蝦蟆的眼睛才有磁性。」

李伯伯走了。劉媽於是勸阿蓮好好躺在床上休息，她要趕往市郊去弄幾隻蝦蟆回來。

「媽，我看李伯伯的話恐怕靠不住。」

「所以我要多弄幾隻蝦蟆回來，為了活命，你就吞下十來個眼睛，總有一兩個碰上針眼兒。」

「喲！媽……。」

「死鬼，你吞得下針，就吞不下蝦蟆的眼睛。」

「不是，不是，」阿蓮痛楚地搖著頭說：「來不及了，肚子裡的針又在跑了，唉喲！痛呀！媽，等你捉到蝦蟆，女兒已經……。」

阿蓮不支地躺在床上，這時候，未滿四歲的小妹從地上爬過來，仰起頭，伸手抓住她母親的裙子說：

「媽，媽，你看，你看！把這個給我玩好不好？」

劉媽不理，把小妹推倒在地上：「死鬼，走開去，媽有事，你再纏我，我就揍你……。」

「哈！哈！哈！」阿蓮從床上躍身而起，奔向跌倒在地的小妹，「我的針呀！在這裡！妹妹，別哭，你從哪裡撿到的？告訴姊姊！別哭！妹妹真乖！」

劉媽怔住了，凝望著小女兒手中的一根縫針。

「小妹，你從哪裡撿來的？你說，好好地說。」

小妹用小指頭指著地板的縫隙。

「你不痛了？」劉媽惘然地說。

阿蓮雙頰飛紅，輕輕地搖著頭。

這種「幻覺」的把戲，不僅小孩，少女會玩，成年人也喜歡玩，而且玩得更認真。

---

❷ 用蝦蟆救治吞針，是民間傳說，讀者不可輕信。

奴家才不是那種人

電話響了，我聽到一個熟悉的女人聲音：

「林先生是嗎？我是秦太太，叫秦先生趕快回家，家裡有很多客人在等他。」

「秦先生不在這裡啊！」

「他上你家去，他回頭一到，請你叫他趕快回家！」

連謝也不謝一聲，卜托一響，掛上了電話。這女人是我好友秦和銘的妻子，是天下最難纏的女人，她對朋友唯一的好處，不管老秦有沒有到你家，你必接到她催他回去的電話，她變成老秦動向的「預報臺」。

大約在她發出預報兩、三分鐘後，先聽到老秦摩托車煞車的聲音，他絕不會是單槍匹馬，必定有個小衛兵——他的寶貝女兒或兒子陪伴著，所以，朋友管叫他兩個小孩「檢察官」；有時兩位「檢察官」都缺席，秦太太必定親自隨駕。

老秦走進來，還沒有談上兩句話，電話響了，八成又是秦太太打來的，老秦接過電話連聲道：「馬上回去，馬上回去。」

斷不會超過五分鐘，秦太太的電話又來了，大半是叫她的兒女接聽，使出慣用的苦肉計：「你要不趕快把爸爸弄回家，我就要修理你！」

老秦對這種「苦肉計」最感無可奈何，他臨行時，對我訴不盡千言萬語、依依惜別之情，正像一個特准暫時假釋的犯人被押歸牢去。

秦太太患著超級的疑心病，她不信任她的丈夫、兒女，以及世界任何人。在這世界中，她比較有一點點信任我，這一點可把我搞慘了。老秦便常借重我的「令譽」向他太太請特別假外出辦理「重要事務」。在某些場合中，老秦必須參加、而絕對不便攜帶妻兒的，秦太太必定堅持要我陪同，她才安心放他去，我常逗著她說：

「秦太太，你不知道我是個偽君子，暗地裡，做盡壞事，你不怕我帶壞了你的丈夫？」

「不要緊！」她故作大方地回答：「反正男人都是壞的，他已夠壞了，你再帶他壞一點，也不要緊。」

她的嘴巴頂大方，等到我陪老秦回來，她就問長問短，問得死人也會冒火三丈。他夫妻一吵起架來，第一個電話是打給我，第二個電話才打給臺中的岳家，十萬火急催我去了斷他們的家務事。每當老秦忍到無可忍的地步，他會毅然決然宣告投奔自由，第一個目標當然奔向「林家」請求庇護，接著秦太太也跟著來抗議示威，老秦慌忙抓起一份報紙，躲到我的後進廁所裡去細讀一番。我就不得不用外交家的口吻，對我最友好的秦太太鄭重聲明「本人對老秦的行蹤毫無所知，無可奉告」等等。

人家一生投奔自由一次就夠了，老秦是至少兩三個月投奔一次，他每次都咬牙切齒宣告：「這一次，我發誓再不回家！」他大約躲在廁所裡三、四個鐘頭，探聽他老婆還在我家堅持下去，就攀窗爬牆逃亡而去，頂多三、五天，他又自動回家投案。

最麻煩的事，莫過於秦太太要我替他登報「誠徵女傭」。三十來年前的臺南市不比現今，那時登個報紙徵求傭人，像當今招考女演員似的，會招來大批人，尤其是秦家的名聲很響，在人家心目中，在秦家當個女傭，也比尋常人高一等。在面試那天早晨，應徵的人在秦家門口排成長龍陣，我很榮幸被邀坐在秦太太邊側擔任「陪考官」。

「今天，我要麻煩林先生，幫我選個傭人。」秦太太說：「現在，我們就開始吧！」

「為什麼不請秦先生？」

「我才不要他選。」她直截了當地說：「他太主觀。」

第一位應徵者是個二十剛出頭的少婦，舉止端莊，穿著整齊，一副正派婦道人家。

「秦太太，我看這個女人還不錯，至少請她留下地址，做個備取。」我說。

「絕不考慮，你沒看見她擦口紅嗎？」

我對她點點頭，我忘了她的邏輯：女傭擦口紅，勾引男主人，要不得！

接著，第二位進來，她比剛才那個少婦的年紀大一點，長得很清秀，我暗暗為她慶幸，她一身素樸，未施粉脂。

秦太太問長問短，她應對口齒伶俐，反應敏捷，不料，當她轉身走開時，秦太太拿起筆來，在她名字底下打個叉兒。

「為什麼？」

「長得太漂亮。」

第三位，是個將近三十歲少婦，長得不好看，一副可憐相的樣子，我為她慶幸錄取有份了。聽她自我介紹說：她被丈夫遺棄，為了養育子女，不得不出外謀生，求秦太太幫個忙，給她當個傭工，不論洗衣、燒飯、看小孩，她都很有經驗。

我一看秦太太神色不動，於是伸手拉拉她的衣角，她著實看我的面子大發慈悲地說：「讓我考慮考慮。」

「請太太多幫忙！」她行禮退出。

「這位婦人再合適也沒有，你還考慮什麼呢？」我質問著。

「唉！你不知道，一來這種女人被丈夫遺棄，正是需要男人的時候，她一進門必定會大動秦先生的腦筋；二來，她家口多，收入少，一定會偷東西。」

第四個女人走進來，秦太太以「她的兩個眼睛太活潑」為理由，又打發人走了……，一直面試到了第二十三位，一律都不合格，白費了我半天工夫，心裡好不舒服，卻強作笑臉向她告辭。

「稍等一下，」秦太太說：「麻煩你再替我登個廣告。」

「好！」我思索一下，回答著：「不過，我有個條件，我不再陪你面試。」

「幫人就幫到底。」她說：「我很需要你提供意見，今天來應徵的，實在沒有一個好的，絕不是我不尊重你的話，請你原諒我！」

「我不幹了！」

「先替我登個廣告再說吧！」

第二次，第三次，第四次，「誠徵女傭」廣告陸續登出之後，她終於通知不要再登了，選上了一個，我才鬆了一口氣，終於把廣告帳結掉。

過了十來天，我路過秦家大門，順便走進去，望見天井上有一位中年婦人在晾衣服，她好像剛從墓穴爬出來似的，披頭散髮，骨瘦如柴，斜眼歪嘴，眼神無力，秦太太正站在她背後指指點點著。過了許久，她才轉過身來陪笑道：「謝謝林先生，幫忙登報紙，我請到了這個傭人。」

我隨著秦太太進入客廳，輕聲問道：「她好不好用？」

「馬馬虎虎啦！」她嘆了一口氣：「唉！找不到理想的，只好馬馬虎虎用算了。」

「你選這樣的女人，對你丈夫比較安全。」

「可惜，做事慢了一點。」

「手腳快的，你又嫌她太活潑。」

秦太太明白我的意思，於是，「咯咯咯」笑了一陣，又走向走廊指點傭人做事去了。

我在客廳裡坐了一會，想向秦太太告辭，她在化妝室裡，我於是把話交代傭人，不料她悄悄地跟著我走出大門，低聲說：

「先生，你得趕快再登個報紙。」

「為什麼？」

「我要離開，實在受不了！」

「工作太苦？」

「不，出來做活的人，哪怕工作苦？」

「那為什麼呢？」

「世界上難得見到這樣女主人，我洗衣服，她一定要拿把籐椅，坐在我旁邊，睜大眼睛看著我洗，一下指著袖口，一下指著褲腳；不嫌肥皂用過多，就嫌擦得太重損衣。我上樓去拿個面盆子，她也要跟著我上上落落。我不做虧心事，是不怕她監視的，不過，每個人都有人格，實在受不了這樣看待，寧願餓死，也不能在秦家再做下去！」

當天晚上，秦太太來了電話，首先請我再登個「誡徵女傭」小廣告，我知道是怎麼一回事，接著，她帶著問罪的語氣：

「林先生，你今天在我家和我的傭人談些什麼？」

「沒有啊！」

「那麼，她為什麼忽然走了。」

「這，我怎麼知道？」

「你沒對她說什麼，那麼，她怎麼會不早不晚，今天才向我辭職呢？」

「秦太太，請你坦白說，你是不是懷疑我從中挑撥，把她弄走了？」

她沒答腔。

「你想一想，她走了，對我有什麼好處？也許你認為我把她弄走了，可替報館多爭取一筆小廣告，我告訴你，我為你的事所付的車費超過你的廣告費，從今天起，你別再叫我替你登廣告，我也不再上秦家門。」我氣極，把電話放下。

我好久不再入秦家門，儘管秦太太再三打電話來道歉，求我不要因小事誤會而斷掉了多年的交情，我總是這麼一句話回答：「我是個專門挑撥離間的人，秦家多了我這樣一個朋友，是有害無益的。」這種神經質的女人，只有這麼說，才止得住她的疑心。

有一天，不知道老秦向動物園哪隻獅子或豹子借來的膽子，竟敢向我斷然表示要和她攤牌；她必須徹底改變作風，否則，就要和她離婚。

「究竟發生了什麼事？」我問。

「我，我實在受不了！」一個大男人竟然哭了起來：「她要是不改，我非跟她離婚不可！」

「是怎麼一回事？」

「她說我跟她姊姊通姦。」

「你知道你太太的毛病，你跟世界所有女人遠離，不請任何女性到家裡作客就好了。」

「她又說我和傭人通姦。」老秦說到這裡，像孩子一樣號哭著：「說我和別人通姦，我都還能忍受，她說我和一位又醜又老的傭人通姦，對我實在侮辱過甚，求你最後再勸她一次；她再不改，我就離婚。」

「她這個女人，我怎麼勸得來呢？」

「只有你有這個可能。」老秦一邊擦淚，一邊說：「以往，我常聽她稱讚你，尤其是在你不到我家之後，她一直在惦念你。」

並非自我陶醉，我相信老秦這句話。因為我一向對她承認遠超過她對我所能幻想的猜疑，來滿足她的多疑心；所以，在她佈滿疑雲的世界中，她的視野本是一片模糊，只我刻意對她放大的影像顯得較清晰些，所以她對我比較信任。

我終於答應了，這時，電話響了，是秦太太打來的，這是她當天第二次打電話來。我瞞著她說：曾接過秦先生的電話，但不知道人在哪裡；我告訴她，我馬上到秦家來。

她居然守在大門口等著我，披頭散髮，形容憔悴，像個剛死了丈夫的女人，一見到我，笑臉相迎：「真沒想到你今天會來看我。」

「大概我又有什麼霉運臨頭，才會上你這兒來。」我冷冷然地回答。

我隨她走進客廳，她端一杯茶給我：「最近你一定發了財，架子大，好久沒見你的影子。」

「財是發了點，」我這話使她一怔：「這兩個月運氣不太好，只賺了八十多萬。」

不曉得她是當真當假，她居然跳起來說：「恭喜你，恭喜你！你發了財，那一定又交了很多女朋友。」

「當然囉！」

「你該帶一兩位來給我見識見識。」

「好的。」我說：「不過，愛情方面，我是像出週刊的一樣，每個禮拜換一個女人，我不知道秦太太想看我哪個禮拜第幾期的女人？請你說明，我才好介紹。」

「哎呀！出週刊的？一個禮拜換一個？——」她初顯驚訝，隨即冷靜：「你呀！——你真會吹牛？」

夠了，她說我吹牛，我就夠了。對付一個疑心病女人最好採取這種「以疑止疑」的方法。

我想和她討論正題，這時，秦先生還躲在我家裡，深怕她懷疑這一點，所以我得在這一點上先下功夫。

「秦太太，我今天想來和你談談你夫妻間的事。」

「我也正想去拜訪你。」

對付她的老方法：欲卻故邀，於是加強語氣道：「那太好了，請你到我家去談一談。」

「不必啦！在我這裡談一樣的。」

「對你是一樣的，可是，對我卻大不一樣。」我裝做很委屈的樣子說：「今天，你的秦先生不在家，你家的傭人又跑掉，我和你一男一女坐在一個房間裡密談，左右鄰舍看到引起閒話，要是被我老婆知道了，她起了疑心，我可受不了，所以，請你到我家去談談。」

「不要緊，你太太不會吃醋，你是個君子，不比老秦，沒人敢懷疑你人格，尤其是你太太。」

「你可看錯人了！我不是告訴過你，我每個禮拜都換個女朋友。」

「哈！哈！那是你吹牛，根本沒有那回事，林太太對你才那麼放心！有必要的話，我可替你打個電話向林太太請個假。」

「我自己來打。」

我打這個電話，與其說是向內子請假，不如說是暗示老秦暫且放心在我家享受片刻的自由。

「秦太太，聽說你的老毛病又發作了。你說老秦和你大姊，又說和你傭人……。」

「你為什麼不說他的老毛病又發作了？」她反駁著。

「你說那些話，都是不可能的事。」

「所有問題就出在『不可能』而發生的事情上。」

「究竟是怎麼一回事？」

「前一個月，我的姊姊來，才住上三天，他就和大姊眉來眼去，打得火熱。要不是我趕緊把大姊打發回去，不知道要鬧出多少笑話來。這幾天，他又和傭人做出不可告人的事，送她衣服，替她打扮，我要趕她走，他居然護著她。你看，他荒唐到什麼地步？」

「贈送衣服，挽留傭人，這是男主人對傭工常有的表現，不足為奇，請你告訴我具體事實。」

「前天晚上，我上樓去拿一件衣服給我的小女兒穿，下樓的時候，就看到傭人慌慌張張地從老秦的房間跑出來。她一來，我就警告過她，不許她進入老秦的臥房，偏偏在我上樓的時候，她偷偷摸摸溜了進去。」

「她違背家規，私進秦先生的臥房是不應該，但，不一定是做男女間的事，何況，我聽說這個傭人年紀又大又醜陋，秦先生不可能愛上她。」

「哈！哈！哈……你不知道，他的胃口可好，不論老少，一概受用。」

「我問你，從你上樓到下樓來，相隔多久時間？」

她想了一下，說：「大約七、八分鐘。」

「不可能，不可能，七八分鐘時間，連奏一支序曲都不夠，你知道那種事兒要有序曲的。」

「哈！哈！哈！哈！哈！你把老秦評估得太高級了，他會講究序曲，那就不會胡搞了。別說八分鐘，兩分鐘也夠他用了。」

「秦太太，關於年齡、美醜、序曲、時間都不談，我們就事論事，你所提各點都不夠具體，又缺少證據。」

「證據？個個男人都有外遇，幾個女人拿到證據？」

「你說得過火了，你可不能一竿子把所有男人都打了。」

「一點也不過火，」她兩眼瞪著我，冒出一股令人心顫的寒光：「不但是男人，連女人也是一樣的。」

「你又過火了，你是女人，對男人也許存有偏見，對女性可不能這樣說，至少，像你的嫂嫂、你的妹妹都是極規矩的女人，而且……。」

「請你不必在我面前替這些女人美容好吧！」她用力揮著右手。「我告訴你：每個女人都背著丈夫偷漢子。」

「你說『每個女人』，又未免過火了。」

「一點也不過火，這簡直是男盜女娼的世界，每個男女都不例外。」

「秦太太，請你再思考一下。」我輕聲地說：「你這句話是否傷害了你的母親？因為她也是女性之一。」

「也不見得。」她的臉色青灰而冷酷：「我那句話加在家母身上，也未必冤屈了她。因為，我無法確定自己究竟是不是她的私生女，現在，我對自己的母親也不能信任。」

這句話真把我嚇了一跳：「為什麼？你以前不是很信任她嗎？」

「以前，我完全信任她，我認為她是最偉大聖潔的女性，可是現在，我不再這樣想。」

「為什麼？——」

「因為——唉！我已深一層認識了人生的祕密。」

我留意到「人生祕密」四個字，緊緊追問：「什麼祕密呢？」

「我已告訴你：全世界男女都是壞東西——沒有一個好的。」

突然，也很偶然地，我觸到了她心靈中的一把暗鎖，小心嘗試著啟開：「請再思考一下，你所謂『全世界男女』是否包括你自己在內？你自己是否屬於全世界女性中的一份子？你這一竿子是否也打在你自己頭上？」

她的臉頰上立時泛起了一陣紅暈，低垂著頭，發出重濁呼吸聲。我於是輕輕地、撫慰似地說：「秦太太，你能信任你自己嗎？」

她緊咬下唇，呼吸越發急促。

「秦太太，你不能信任全世界的男女，甚至你的丈夫、嫂嫂、妹妹，以及你的母親，也許我還能諒解你，可是，基於我們多年的友情，允許我懇求你一件事：你至少，至少要信任一個女人，這女人是貞潔而善良的，求你信任她，她正坐在我的面前——你自己。」

她痛楚地搖搖頭，然後把臉埋藏在手掌中。

「你也不能信任你自己嗎?」

「不——」她失聲地哭著。

「你一定受了傷，說出來就好了。」

她好像觸到一股電流，強烈震顫一下，終於道出了她的祕密。

兩年前，她偶然遇到她婚前的情人，她一直以為他死於二次大戰中，才嫁給了老秦，這次偶然久別重逢，彼此都過於激動，當一陣狂熱過後，她匆匆忙忙奔回家。她的丈夫、兒女對此毫不知情，像往常一樣敬愛她。從此，她對所有親人都感到內疚，她對自己一生所建立的堅固信念完全瓦解了，她漸漸對所有親人都感到內疚，她努力從痛苦的自慚、自譴中逃脫出來，奔向「懷疑的世界」尋求自慰，她假設她的丈夫、姊妹，以及所有親人的行為都和她一模一樣，以紓解她內心的痛楚，她以懷疑做為麻醉劑來撫慰自己，而漸漸上了癮，終於把一切假設凝固成空幻的真實。我們很容易辨識這類女人，不是看面孔，只是聽聲音，她的嘴邊老掛著這麼一句話：「奴家才不是那種人!」

活見鬼

我一生對人最感興趣，人著實比動物詭異好玩得多，動物都嫌太規矩正常，因此我從小立志做新聞記者，好探索人性；除此之外，我對鬼也感興趣，因為鬼是由人轉化成的，我好喜歡採訪鬼怪，看看鬼們究竟什麼樣子？是不是人死了變鬼會比較正常一點？我一生未曾輕易放過任何一間鬼屋，千方百計想要進去住一宿，我生逢科學昌明的年代，怎麼也沒想到世界上竟有這麼多鬼屋，文明如紐約、倫敦、巴黎、東京等大都市；偏僻如臺灣水裡坑、田寮村，都有現成的鬼屋可住，那裡發生過許許多多令人魂飛魄散的鬼怪奇聞，於是任其荒廢，若有機會，而不去住一宿，真是可惜！

世界最暢銷的雜誌如《讀者文摘》也不時刊出談鬼說魂的佳作，時地人物，記載明確；運詞用句，也很平實，且多由名家記述親身目擊的經歷，我讀了恨不得去住一霄。

我出生於中國大陸，時逢亂世，從小到處逃難，來臺灣後，終於達到我的心願，從事新聞工作，因此走遍臺灣每一市鎮鄉村，也旅遊過許多國家名城。我為節省旅費，入境之前，不問旅店何處，先探聽鬼屋所在，其好處有多端：其一，免費招待（照理說：有眼光的屋主應當補貼我一筆尋鬼費，經我親身鑑定為吉屋，自可提高房價）；其二，既稱鬼屋，絕對不會客滿，我可來去自如。

說到這裡，讀者一定要問：「你不害怕嗎？」我絕非虛張聲勢，著實一點也不怕，而且非常盼望有緣和鬼促膝長談，尤其歡迎女鬼。據《聊齋志異》記述，女鬼會把男人的精血慢慢吸光，對一個男子漢而言，那也是求之不得的豔事，有什麼可怕呢？至於寃魂惡鬼，我生平不做虧心事，又是個新聞記者，險惡如人都不怕，難道還會怕鬼不成？論職責，我也應當去訪問訪問鬼魂。

話雖這麼說，每進鬼屋我還是有備而去。我不怕遇鬼，但防兩件：其一，怕人趁機作弄，遷入之前，先搜索一遍，然後把門窗修釘好；其二，怕感染細菌，必將全屋掃洗消毒一番，免得我沒遇鬼怪，卻染上疾病，被誤會我著了鬼邪，而編成荒唐故事。此外，我隨身帶一支上好的手電筒（不管屋內有無電燈設備），然後把屋內容易吹動的懸掛物通通拴牢。掃盡一切「草木皆兵」的景象。每見影移景動，千萬不可畏縮、退避，立即將手電筒照射過去，看個明白，察其究竟。

我一生不知住過多少鬼屋，包括：巨宅華廈、破廟陋屋、斜塔古堡、殘墓深穴、大學解剖室、醫院太平間等等，我都睡過。每在鬼屋中住過了一夜，照例大清早就去拜謝屋主，他見我安然無恙，好生驚喜；八成要招待我一頓豐富的早餐，並延請法師道士前來釋示；在如此恐怖的鬼屋魔宅中，我為什麼能安然平靜度過？法師道士的聯想力很強，伸手索驗我的行囊，立即判明我攜帶了聖賢之書、硃筆等文物，皆有破邪作用，我聽了，很想把那枝紅筆朝法師嘴裡插進去。

有一次，我住在一座山村古屋中，正當睡前巡視時，忽見黑暗走廊盡端出現兩支移動的電炬，我趕快蹲在一張椅背後監視著，心裡暗喜：這一下，我可真遇上了我想見的東西。

那一對電炬慢慢地逼近過來，算準進入手電筒光度的焦距內，我立即按鈕照射過去，一看，那是一隻非常漂亮的九節狸，牠見光立即掉頭就跑，攀窗而出，朝著山林方向逸去，好靈巧，牠竟能撥窗而入。

第二天，我便在那窗口設下一個「一踩便翻」的蹺板，下面緊套著一口打著活結的布袋，於是輕易地捕捉到牠。唉！好可惡，牠在我面前並不變成如鬼書中所述的美女，只好埋怨自己與女鬼無緣。

有一回，報社總編輯遞給我一條採訪線索：屏東潮州鎮有位業餘攝影師，在東港替一位朋友拍照，沖洗出來，照片中赫然出現一個鬼影，他隨即病倒。總編輯特別向我說明，這則鬼新聞非我採訪不可，那位攝影師是我的熟友，他不致對我瞎說鬼話。我把那張照片接過一看，影中人的左側，隱約呈現一個模糊的鬼影。

我搭火車到潮州拜訪這位朋友，一見面，我先索閱底片，發現底片似乎有兩度感光的跡象，早年老式照相機很容易發生這種錯誤。可是，他說，他考慮過這一點，但堅信不可能，因為這卷底片自始至終由他一手使用，所攝的限於東港海景和幾個朋友而已；即使不小心把同一張底片重複拍攝兩次，也不可能出現鬼影。

我於是請他陪我到東港走一趟，給這條鬼新聞做個明確交代。我們到了東港，按底片次序，一一核對實景，海邊哪、漁船哪、小孩哪，而且注意到所有鏡頭背景都很空曠，絕無鬼形痕跡。我站在海邊，思索了好一會，然後，轉過頭問攝影師：「當天，你有沒有把這相機借給別人？」

「沒有！」他很肯定地回答。

「那就怪囉！整個過程中，你有沒有把相機寄在什麼地方，即使只有幾分鐘？」

「沒有……」他沉思片刻，忽地「哦」了一聲，接著說：「有的，中午的時候，東港朋友請我上街去吃海鮮，我把相機暫寄在他家裡。」

「好，請你帶我到他家裡去！」

這位朋友自從他的照片上出現了鬼影，每日寢食不安，了無生趣；最近又患了一次感冒，更加心灰意懶，什麼事都不想做，枯坐在家中等待將至的末日，報紙新聞上說他「危在旦夕」，則言過其實。

我環視全屋，也不曾發現任何鬼跡，便問他們外出吃海鮮時，那架相機放在哪裡？

「放在那個五屜櫃裡。」

「當時家裡有什麼人？」

「只留下兩個小孩。」

我要求立即會見那兩個小孩。只一會工夫，兩個一大一小、滿身灰沙的小傢伙被帶進來。

我拿起相機向他們亮著說：「小朋友，前幾天，這架照相機放在這個櫃子裡，你們兩個有沒有拿著玩？」

大的一個，睜大眼睛，呆了許久說：「沒有。」

「有，」小的搶著說：「是他拿到外面去玩。」

「好，你拍了一張好棒的照片。」我翹起大拇指誇獎：「你的技術太棒！真的是你拍的嗎？」

老大得意地點著頭。

「請你帶我去看，你在什麼地方拍了那麼好的照片。」

兩個小孩爭先恐後帶我出去，穿過長巷，走進一個大廟，我查看每一間寺堂，終於在廂廊上找到那尊「鬼像」，泥塑的，面目猙獰，披頭散髮，查對照片，一模一樣，只是焦距不對，鬼影朦朧，一樁奇案，終告了結。

從此，我的採訪工作雖無長進，而驅鬼破邪的盛名大震，四方函邀我免費小住他們凶宅鬼屋，度過了好多美好週末。鬼屋住多了，自知此生與鬼缺緣，就懶得走動，終於和鬼漸漸疏遠了。

兩年前的一天，有個好事的朋友來找我，他向我保證，這回一定滿足我一生所期待的願望，邀我去會見一個鬼。

他遞給我一份剪報，那是一則鬼新聞。報導稱：高雄市有一位小姐自稱有個男鬼時常來和她相會，說她和他前生早訂下姻緣，因遭變故未能成婚，現在來找她盡個未了之緣。當男鬼降臨時，她的房中往往傳出歡笑、怨訴、哭泣以及類似叫床的聲音，她的父母和鄰居都常聽到，終於決定籌辦一場「人鬼結婚」，好了結這一段孽緣。

「這是一篇鬼話！」我說。

「你知不知道，這位小姐是誰？」

「我怎麼認識她？」

「她是你的學生——李玉璞。」

「真的？」

「我見過她，真的是玉璞。」

「不可能吧！她的腦筋清楚，學問也好，怎麼會說這種鬼話，絕不可能是她。」

「我見過她，她確實中了鬼邪，她父母也希望你去一趟，要你參加她的婚禮。」

如果是李玉璞，我有義務走一趟去看個究竟。在二十世紀文明的時代裡，怎麼可能發生這樣荒唐的事？

我到了李家，玉璞已消瘦得不成人形，面頰下陷，兩眼發直，眼神無光，看了叫人心痛。

「林老師，你來得正好，我要結婚了。」

「我就是來向你道喜，新郎是誰？」

「他是一個幽靈，我和他前生訂下的姻緣。」

「開玩笑！」

「真的。」

「你怎麼好嫁給幽靈呢？」

「幽靈比人可愛也真實。」

「玉璞，你糊塗了。我想給你介紹一位男朋友，好嗎？」

「人嗎？」

「當然是人。」

「人，我可不要；我已經決定嫁給幽靈。」

「你真糊塗，幽靈是抽象的，人才是真實的。」

「哈哈！」她冷冷地一笑：「人只是現實，一點也不真實；只有幽靈是真實的、無限的、永恆的。」

「但是，它是不可捉摸的。」

「誰說不可捉摸？他，他常來陪伴我，我父母都知道。」

「聽你這麼說，我想看看他。」

「不行。」

「為什麼？」

「他只怕您——老師。」

「只怕我？」

她點點頭，兩眼直起來。

「我偏要看看他。」

沉默片刻，她說道：

「何必呢？您又不是不認識他？」

「喔！我認識他？——那個鬼魂？」

她輕輕點一下頭。

「他是誰？」

「亞清。」

是亞清？我明白了。他和玉璞是同班同學，七年前，在美國留學時，死於白血症。啊！原來是一幕人鬼相逢的夢幻。

我便向玉璞告辭，把她的房門帶上，轉入客廳，會見她的雙親和妹妹。我告訴他們：玉璞可能患了精神病，她迫切需要的不是「人鬼結婚」，而是一位精神科醫師。我希望他們注意搜集她和美國同學葉亞清的通信函件，以及她的日記，也許可以幫助醫生了解她的病因。可是，玉璞母親堅持必須遵照吳道人的指示，舉行「人鬼結婚」那才是根本解救之道，她父親毫無主意，焦心如焚；只她的妹妹玉明支持我的見解。

當天夜晚，李玉明到我家來，她帶來一疊函件，全是亞清寄給玉璞的情書，每一字一句都洋溢著相思深情，當我揀出亞清最後一封遺書，其中有一句話，顯然是她的病根——

……璞，我親愛的璞，永別了！我原是個無神論者，此時，我卻盼望死後有鬼，我的靈魂將飄洋過海去陪伴你，璞啊！允許我的幽靈永遠陪隨著你……。

這時，玉明哭成了淚人。

「請你把這封信交給精神科醫師，這對你姊姊的病可能有幫助。」

然而不幸李家並沒有照我的話去做，玉璞終於在「人鬼」婚禮中自殺身亡。

壯士斷臂

「我身上的大腿，不是我的大腿；臂膀也不是我的臂膀……。」

鄭銘杰感覺他的四肢和軀體全然分裂，腿和臂都不屬於他自己的，而由他人偽裝上去，他於是千方百計想把自己的腿臂砍掉。也許因為他是一位航空工業工程師，一向負責設計修造飛機的零件，積久成習，致使他把自己四肢也當作零件，而想把它拆開來換。

他的精神發生變異，最初表現在最簡單的數字減法上。那是一個星期日上午，我到隔鄰鄭銘杰家閒聊，他剛從巷上買一包長壽香菸回來，將找回的零鈔放茶几上反覆盤算著，不休地嘀咕著：

「好怪！買一包菸，給他五十塊錢，找還三十五塊，為什麼要找三十五塊呢？……」

「對的！」我說：「長壽菸一包十五元，你付五十元，找還三十五元，一點也不差。」

「我總想不通，為什麼不找三十元，或者四十元，偏偏是三十五塊錢？」

「你今天吃錯了什麼藥？這一點小錢也弄不清楚。」

「五十減十五，其得數一定是三十五嗎？這是什麼人訂下的規矩呀？」

「銘杰，——」鄭太太從廚房走出來，她的目光閃射著焦慮不安：「你又在發什麼神經？」

「沒有，沒有什麼。」他好像一個被發現做錯了事的小孩，趕緊陪笑掩飾著說：「我們隨便聊聊而已！」

「什麼不好聊？偏要聊小學低年級學生都不感興趣的算題，會給人笑話喲！」

「好，不聊，不聊！反正沒有幾塊錢的事。」

我想此中必有文章，老鄭是一個工程師，他沒有理由為這簡單的算術傷腦筋。我想，他的話中有骨，可能以此來影射鄭太太什麼事情。我於是把話岔開去，換了個話題。

過了一個多月，一個雷電交加的雨夜，鄭銘杰叩我的房門，他先把頭伸進來，輕聲地問：

「你家有沒有客人？」

「太太出門，小孩睡著，我獨個兒在這裡。」

他走進屋裡，隨手把門關上。

「來一根吧！」他遞了菸給我。

「有什麼事嗎？」

「等我想一想，該對你怎麼說。」他猛抽菸，猛思索，抽掉了半截，才接著說：「我問你，你知道不知道，我家兩個孩子究竟是怎麼來的？」

「哪兩個孩子？」

「彬彬和珊珊。」

「啊！你的寶貝兒子、女兒，怎麼樣？」

「我問你，他們是怎麼來的？」

我的天，銘杰的神經接錯了。

「怎麼來的？你自己的兒女，你自己生的，幹嘛要問我？」

「老林，真是糊塗極了！我家憑空多出了一男孩、一女孩，我始終不曾注意到底是怎麼來的，今天，我突然接觸到這個大問題，可把我嚇壞了，趕緊跑過來向你打聽打聽。」

「兩個小孩是你自己生的，向我打聽什麼？」

「我想研究他們的來源，搜集有關資料。」

「難道你懷疑你的太太有過外遇？」

「不是！——斷不是這個意思。」

「那麼，你的意思怎麼樣？」

「今天我忽然注意到，我家兩個小孩那麼會吃、會鬧、會哭、會笑、會唱、會舞、會撒嬌、也會搗蛋，我和內人絕不可能憑空生下兩個如此奇妙的孩子，因此值得研究研究。」

我想起，一個月以前，銘杰買香菸找錢那回事，心中不禁打了個寒顫。

「這有什麼稀奇呢？每對夫婦都可能生下偉人或者白癡，賢者或奸賊，你的兒女只不過是地球上許多億兒童中的一對。」

「我知道的。人家生男育女，都是有因有果。我自問是憑空得來的，應詳加追蹤研究。」

這時，雨聲中夾著一陣叩門聲，我便把門打開，在雷電閃光中，見到鄭太太帶著兩個濕淋淋的兒女立在門口。

「銘杰在這裡嗎？」

「在，鄭太太，請進！」

這時，銘杰從沙發上站起來，走向門口。

「林先生，銘杰侮辱了我，他硬說這兩個孩子不是他生的。你看，下這麼大的雨，他竟把兩個孩子趕出大門，給雨淋成這個樣子！」

銘杰默然不語。

「彬彬，你告訴林叔叔，爸對你說什麼？」鄭太太說。

「爸爸說，我和妹妹都是別的星球派來的小間諜。」彬彬兩眼掛著淚水。

「小間諜就小間諜，有什麼了不起？」珊珊表現得滿豪邁而帶氣憤。

「你——爸——瘋——了！」鄭太太黯然地說：「銘杰，你把小孩帶回家去，趕快給他們換衣服，不許你再胡鬧。」

兩個小孩隨著銘杰回家去。

「林先生，我該怎麼辦？」她很迷惘。

我告訴她，她必須勇敢接受一個事實，她必須立即送他到醫院治療；即使因就醫而被公司停職，她也必須忍受。因為銘杰對航空安全負有極重大的責任，既患此病，萬不可等閒視之。

正如我所料，鄭銘杰一經送入醫院，就永遠不能再回到原單位服務。經過兩個月的治療，他奉准出院，航空公司對他病後的生活給予很好的照顧，但是，不給予復職，對他心靈打擊很大。

果然，沒多久鄭銘杰又上門來了，仍然是瘋瘋癲癲的。

「老林，你能不能告訴我，小江怎麼會住到我家來。」

「她是你的老婆，不住你家，住誰家？」

「她是江家的姑娘，怎麼會隨便闖進鄭家來呢？」

「是你把她娶過門來。」

「你此話有什麼根據？」

「我收過你的結婚喜帖——物證；吃過你的喜酒——人證。怎麼樣？證據足夠嗎？」

「夠。」

「你想通了？」

他不作答，沉思許久，忽然問道：「發喜帖是什麼意思？」

「喜帖是向親友通告，你和小江訂期舉行婚禮。」

「唉呀！我多麼不要臉啊！」他驚惶地叫起來。

「有什麼不要臉？」

「據你的解釋，喜帖是向親友通告一男一女訂於某月某日做愛，哇！這是多麼不要臉的事呀！要做愛就做愛，又何必發帖子，設喜宴請親友光臨呢？唉！那時候小江還是個少女呀！她怎麼肯答應我這樣下作呢？她原來也是這麼不要臉的女人！」

「你錯，你大錯特錯。」我辯正著說：「凡男女結合，經公開舉行儀式，通告周知，就成為一件很神聖堂皇的事。」

「像你這樣說，一男一女乾脆就在公開場所做愛，豈不更加公開神聖而堂皇？」

「銘杰，你又鑽進牛角尖去了，」我輕拍他的肩膀說：「小江是個賢妻良母，你應該好好地待她，不要使她傷心，早點回家去吧！」

「什麼，她是賢妻良母？」

「最標準的賢妻良母！」

「哈哈，賢妻良母，竟會對我下這樣的毒手！」

「你又胡說！」

「老林，你不知道，她害得我多慘！」他痛苦地搖著頭說：「她誣害我患了神經病，把我關進瘋人院，使我身敗名裂，失去職業，唉！她是世上最狠毒的女人。」

「你完全誤會了她。」

他掩面伏案哭泣著，我只好通知鄭太太把他帶回家。

第二天早上鄭太太打電話到辦公室通知我，銘杰用果刀割傷自己的大腿，已送到太平洋醫院救治，我立即到醫院——左腿割傷，並不要緊，嚴重的是心病。醫生已將他從外科轉送精神病科。

「唉！銘杰，你幹嘛這樣糟蹋自己呢！」

「哈哈，我割的根本就不是我自己的大腿，你想我會那麼傻嗎？」

「你就是那麼傻，你看，這明明是你自己的大腿。」

「你才傻，傻得像一頭死豬。」他用手指敲打著割傷的左腿說：「這分明是陰謀家偽裝上去的，平心而論，技術很高明，做得幾可亂真。我研究過，這是用一條狗腿改造的，所以，我非把這條狗腿完全砍盡不可。」

真叫人啼笑皆非，「不管什麼腿，有比沒有好，留下來好走路。」

「你不懂，只要留一點，陰謀家就有法子控制我的靈魂，非完全砍盡不可。」

鄭太太聽了嚇得面如土灰，我暗暗提醒她快把可以割傷的器具，統統移到遠離病床的地方。

那天下午，銘杰趁鄭太太到住院處繳款，偷偷將碗打破，用碗片割著左臂，血流滿床，幸而護士發現得早，未傷及動脈管，待醫師將傷口包紮好，隨手再把他雙臂綁在床上，免得重演慘劇。

我聽了這消息，再度到醫院，他用求助的眼光望著我：「老林你看，他們這樣迫害我。」

「活該！誰叫你把自己好好的手腳拿來割。」

「唉！我告訴過你，這根本就不是我的手腳。」
「我問你，你的傷口痛不痛？」
「不痛，一點也不痛。」他咬緊牙根回答著：「求你替我把綁帶解開。」
「等你承認那是你自己的手腳，就替你解開來。」
「懦夫，全是懦夫！」他鄙夷地笑著說：「我老老實實地告訴你，我身上的腿臂，全不是我的，我為了維護正氣，除惡務盡，就必須拿出壯士斷臂的精神，把偽裝的肢體統統砍掉，才能做一個堂堂正正的大丈夫。」
一個航空工程師病得如此支離破碎，委實很可憐。我便到精神病科拜訪李主任探詢病理。據他說：鄭銘杰患了肢體分裂妄想症，他在原單位服務時，曾為一位心腹部屬所出賣，遭受很大的打擊，可能是他致病重要因素之一。
「李大夫，這種病症多不多？」
「在精神科臨床上，這種病症不算多，近幾年來已有增加的趨向。不過——。」李大夫幽默地笑一下，接著說：「我看，在醫院以外，社會上、歷史上，以及家庭倫理上，倒很常見這一類的病狂——把自己的親情手足一一斬盡殺絕，你說是嗎？……」

——刊於一九七六年五月號《明日世界》雜誌第十七期

幽明之間

香港來的長途電話，韓比特的聲音：

「老林，我告訴你，蘇菱娜活著……。」

「你說什麼？……」我不能相信我的聽覺。

「蘇菱娜沒有死，人在香港。」

「不可能的。」

「千真萬確，電話中說不清楚，我已經寫航空信給你。」

這是絕不可能的，蘇菱娜早就死了。一九五〇年，我親手將她的骨灰和遺書交託一位牧師帶回她的原籍挪威，事後，收到她親族寄來一封謝函，說她安葬在她家鄉一個小教堂旁邊，並附一幀墓園的照片，至今我還保存著，只是有點發黃。

我放下電話，心中一直很不安，不是為已死的蘇菱娜，卻怕活生生的韓比特神經出了毛病——她是他的未婚妻，死了這麼久，難道他還想不開？

四天以後，航空信寄到，韓比特告訴我，他最近一連收到好幾封蘇菱娜親筆簽名信，並附著一封影印本，那是自香港本埠投寄的。比特帶點責備的語氣問著：當時所謂她投水自殺，究竟是怎麼一回事？有沒有到現場仔細認屍？究竟是誰家姑娘的屍體當作蘇菱娜來埋葬？事關人命，要我查個水落石出。

推算一下，此時距蘇菱娜自殺身死，已經十九年零兩個月。我到圖書館去，影印了一套當年她自殺新聞和驗屍報告，隨同我保存下來的照片，掛號寄去給他。我勸告他，死者已矣，對她勿再存幻想，趕快把她忘掉。我強調我無法採信所謂「她」的來信，信函是用英文打字，至於信尾的簽名，我也核對過她生前的文件，的確很近似，但，我認為這些都是可以偽造的，最令我懷疑的，是熱情如蘇菱娜，她若活在香港，即使不肯露面，至少也會打個電話給他。依我的猜想，顯然香港有人在作弄他，彼地環境複雜，希望他小心珍重。

蘇菱娜是個氣質非凡的混血兒，她的挪威籍父親和中國籍母親，在江南一帶是一對著名傳教士，當一九四九年江南戰亂的時候，她的雙親決計遷來臺灣，於是，先遣蘇菱娜自上海到臺北。當上海情況告急時，兩位老教士在準女婿韓比特安排之下，登上永興輪，撤離上海，當初計劃韓比特是同船而來的，因為碼頭騷亂，他遲了一步，無法通過，卻因此救了他一條命，這艘輪船在離岸四十分鐘後，就爆炸沉沒。

臺灣報紙收到從上海發出最後一則電訊，報告乘客三千多名的永興輪沉沒後，僅有的五個生還者名單，蘇菱娜看了，心知雙親和未婚夫都已罹難，但，她仍希望奇蹟出現，於是，經常穿梭於基隆、高雄兩港口，渴望從成千上萬的難民中尋找她的親人，直至最後一艘船自上海開到，她嘗盡了「過盡千帆皆不是」的哀怨，終於投水自盡於高雄西子灣。

在她死後八個月，韓比特從上海逃亡到香港，他從香港教會方面迅速獲悉蘇菱娜的噩耗，立即改變來臺的計劃，就在香港一家美國文化機構任職，我很贊成他這樣決定。

我每次到東南亞國家旅行，為了韓比特，必在香港停留兩三天。他是個多才多藝的文化工作者，中英文的根柢都好，而且能詩、能文、能畫，又擅長作曲。蘇菱娜跟他很匹配，她深具北歐姑娘的衝勁與中國女子的嫻雅，受過中國教育，她由衷地熱愛中國，表現在每一行動上。她常常提醒韓比特說：「你的妻子可以是一個混血的，可是你的藝術創作，斷斷不可混血。」她對於一些中國青年朋友寫英文像中文，認為情有可原，但，寫中文像英文，她表示深惡痛絕。

她每讀韓比特的文章，發現其中一個複數名詞的尾巴拖著一個多餘的「們」字，她的雙眼就像受了針刺似的，尖叫一聲，苦苦要求把它去掉。你說，她有多可愛，就有多可愛！她和韓比特之間也有衝突：她嫌中華民族的未婚夫太洋化了些，而他卻嫌這個胡女太中國。

這幾年來，每當我路過香港，在韓比特的書房中，看到他的中文藏書逐漸增加，而他的繪畫風格也漸趨向東方，使我不禁思念起蘇菱娜來，但從不敢提起她，因為她是我們感情炸藥的信管，一觸即發。在那小小書房中，我和比特無所不談，一扯到現代詩文、繪畫、音樂和建築等問題時，就像招魂似的，蘇菱娜靈魂的粒子迅速彌漫在周遭的空間，我總覺（相信韓比特也一樣），室中有三人。

守著這項默默的禁忌，有時候，我還催勸韓比特趕快結婚成家。

「結婚，嘿，談何容易！」

「你拿美鈔高薪，還說結不了婚，那麼，天下男人都要當光棍。」

「結婚和收入並沒有必然的關係。」

「我的意思是，你的條件足夠，只要你有勇氣和決心，找對象並不難。」

「其實，無論男女，結婚只有一個條件：勇氣，我就是缺少勇氣。」

「你，並不……。」

「那你太不了解我。」

韓比特心理上顯然有障礙，因此，我對於「蘇菱娜信件」，認為要不是有人在作弄他，就是他自己作弄自己。韓比特對我的態度很不諒解，他不再寫信給我，只把蘇菱娜來信陸續影印寄給我，我在辦公室中實在沒有閒情細看，隨手翻一翻，看到其中有一頁，韓比特在上面寫著幾個字：「硬把活人埋葬，居心何在？」

我看了，一笑置之，把那疊厚厚的影印函件放在手提箱裡，下班的時候，我帶回家去，悠閒地坐在電視機前，一邊看電視的鬧劇，一邊讀這些偽造的函件。起初，我懷著看電視劇一樣好玩的心情讀著，讀了一頁又一頁，我漸漸認真地讀下去，不知什麼時候，我竟伸手把電視機關掉，又叫孩子們保持安靜，讓我細細咀嚼這些信件，在字裡行間，漸漸地、隱約地躍出蘇菱娜的影像來。

真是見了鬼！我的信念開始動搖了，不是因為那些函件的簽字真跡，而是因為字裡行間表現出蘇菱娜活生生的言語、歡笑、哭泣、叮嚀以及真摯的愛心，而且全然遵循著她一貫的思想和信念，讀了使我覺得她的肉身具體地靠近在我們身邊，幾乎可以摸、可以打——這些難道能偽造嗎？尤其是其中有兩處提起在上海時期，只有我們三人在暗處密談的往事，難道也能偽造嗎？——啊！天哪！我是不是發了瘋？我是不是活著呢？這是不是二十世紀？我怎麼會讀著死人的來信？

我好像服了迷幻藥，急不能待地掛了一通長途電話給韓比特，告訴他，我不再堅持蘇菱娜的死，雖然我尚不能證明其活。

我剛放下話機，就開始反悔了，我為什麼這樣輕易改變一件鐵的事實呢？難道我親手搬運過的屍身是假的嗎？難道焚化成灰的人還能復活嗎？這疑問在我心中打成一個硬結，韓比特從此不再來信，使我更難釋懷。

過了七個禮拜，我接到韓比特的電話，說他已經到了臺北，是蘇菱娜叫他來的，住在中央飯店三〇二室。啊喲，我的天，死人還會施發號令！我約他當天晚上在臺北一間家庭式小餐廳吃飯，我開車去接他，那間餐廳很雅靜，我預訂了一個房間，好讓他從長道出鬼話來。

下午六時，我在中央飯店❶見到了韓比特，他瘦了，不過精神卻比已往九年在香港時好得多。我們進入餐室，便把房門關起密談。

「究竟什麼風忽然把你吹到臺北來？」

「真的是出於蘇菱娜的意思。」

他打開手提箱，從一疊厚重的信件中，抽出一封遞給我，那又是一封蘇菱娜的信，不過這是在她「死」後，我第一次讀到她的原函，節譯如下——

比特：

我有一段日子沒有寫信給你，我知道，你在期待著。我一直在替你思考，你不能永遠做美國的文化買辦，你已不再年輕，該是你割掉「美國臍帶」的時候了，去做一點有獨立性、創作性的工作，貢獻給你苦難的國家。

以前，你常以建立家庭經濟基礎爲理由，必須在美國機構做事，多掙點錢；你已替美國人做了這麼些年的文化買辦，至今不但未有經濟基礎，連一間可容身的屋子也沒有，仍然孑然一身，天天出賣靈魂，蹉跎歲月……（下略）

現在，我要求你立即割掉「美國臍帶」，動身到臺灣去，隨便你做什麼，如果到頭來你仍然和在香港時一樣，沒有房子、老婆、兒女，至少你有了根——人生的根。

親愛的比特，求你聽我的忠告，趕快到臺灣去，也許不久我有機會也到那裡去。

蘇菱娜

她該是個老太婆了，但我激動得真想去抱她，可是，她出沒於幽明飄渺之間，我到何處尋芳蹤？

此時菜未上桌，酒送來了，我舉杯先乾：

「韓比特，歡迎你，你早該來的，如今，終於來了！」

「耽誤了將近二十年。」韓比特也乾了。

「我提議我們耽誤一年飲一杯酒，多不多？」

「不多。」

「好，就這麼說定了，你我今晚至少得飲二十杯，來追蹤失去的年代！」

「哇，那太多了！」

---

❶ 中央飯店：正式名稱為中央酒店，位於臺北市中山北路二段一二〇號，約建於一九六〇年代中期，其所屬夜總會十分有名，是臺北當時極時髦的夜店。後於一九八二年被收購，易名富都飯店；二〇〇七年被遠雄集團收購，改建為住宅。（編按）

「一言既出，駟馬難追，你醉了，我送你回中央飯店。」

「盡量喝好了。」

「我先問一句話，」我替他斟了一杯酒，「你憑蘇菱娜一封信，毅然決然來到臺灣，有沒有什麼初步計劃？如果沒有，我當替你盡些微力。」

「謝謝你，我回敬你。」韓比特只飲下一半，「香港同事替我做了初步安排，在臺北開設一個班，教幾個老美讀中文和繪畫。此外，準備在半年之內在臺北舉辦一次個展，這件事要拜託你幫忙。」

「那是義不容辭的。」

「我先在臺灣安定下來，以後再做打算，此生最大的願望是再見一眼蘇菱娜，臺灣是找尋她關鍵的地方。」

這時，開始上菜，我又斟滿了兩杯酒，然後說：

「關於蘇菱娜的謎，我們必須大膽的假設，小心的求證。」

「對的，你一開頭，就拒絕蘇菱娜活著的可能性，我當然會埋怨你。我已經做了各種的假定，也做了各種的求證。」

「蘇菱娜是死是活，二者必有一是，如果那些信是真的，她必是假死；如果她死了，那些信必是假的。」

韓比特點個頭說：「那當然。」

「現在，我先根據那些信函，假設那是真的，證明蘇菱娜還活著，那麼當時她的自殺是一種表演，屍體也是假的，姑不問屍體如何偽造，先尋求一個答案，她為什麼要假死？目的何在？然後才能決定要不要報請治安當局協助調查，我認為我們個人的力量畢竟很有限。」

「起初，我對函件並非毫不存疑，我每收到一封信，就減少一分疑慮，直至收到最近一封信，我才確認那是出於她的手筆，疑慮全消。」

「那麼，請你解釋她為什麼要假死？你先用菜，慢慢再說。」

「我做了一個大膽的假設，因此，目前我絕不考慮報案。」韓比特啜了一口酒，然後一邊吃著凍羊肉，一邊說著，「我相信當時她處身於國難家變中，毅然負起某項重要祕密任務，所以，她才不得不表演這場戲⋯⋯。」

「比特，你這想法太過戲劇化，你的聯想力也太強了，大可以寫一本暢銷書，好，我們乾杯，祝你的『大膽假設』早日證實。」我一飲而盡，接著說：「現在我假設你的假設是正確的，那麼，一具假屍體怎樣能瞞過那麼多人的眼睛，又怎樣能通過檢察官的驗屍？」

「她既然負著某項重要的祕密任務，在國內或國際上必有個有力的機構在背後支持著，現在工藝家使用矽力康材料製造出來的假面具，可做到極逼真的程度，國際情報局都在使用，要瞞過你們的眼睛還不簡單？至於驗屍，我甚至懷疑，說不定那些警官和檢察官也是某方面所支配的演員。所以，在目前，我們斷斷不可報案，以免妨礙了蘇菱娜的計劃和行動，一旦她有自由之身，用不著我找，也不用我請，她必自來，她是一個爽快的姑娘。」

「現在可是老姑娘了。」

「不，在我心目中，她永遠是個小姑娘。」韓比特怪可愛！他年近半百，還懷著如此浪漫的心思！

我們一邊喝酒一邊閒聊，早忘了飲多少杯，也不再計較了。話題漸漸轉到當時爆炸沉沒的永興輪，韓比特說，據最近獲得消息證實，那艘輪船是被預置了定時炸彈，目的在製造恐慌與騷亂。老教士夫婦搭上這條船，原是韓比特一手安排的，如今證實爆炸是人為的，他在言談中表露出更深的內疚。

一看錶，已經八點半，我便結了帳，送他回中央飯店。

「比特，今晚你早點休息，明天你一大早要出門拜訪許多朋友，你什麼時候安頓好住處，什麼時候開始上班，都要跟我聯絡。」

韓比特開始做臺北人，漸漸投入臺北式的生活，與人距離越接近，關係越疏；越遠則越常往來，因此，臺北市人慣於向外地來客側面探聽本地老朋友的近況，好在韓比特初到臺北，情形尚不嚴重，我居然還知道他開辦的洋學堂開課了，坐落在自古文風鼎盛的士林區。我每天都想去參觀，都沒去成，他應該體諒我，如果學堂設在高雄或臺中，我老早就去過了。

偶然彼此通個電話，九成是查詢某種資料，語氣都很急促，有一次，我硬插上一句話：

「喂，等一等，蘇菱娜有沒有消息？」

「沒有。」

「她又死了？」

「嗯，——見面再談。」

就這樣又掛斷了。

在一個風和日暖的日子，韓比特打電話來說：「蘇菱娜到了臺北……。」

這句話多麼平常，多麼可怕！

「你怎麼知道？」

「收到她的信，臺北寄出。」

「她說什麼？」

「我想，我們見個面吧，臺北有一家叫做AA咖啡館，你知道嗎？——今晚八點，我們在那裡見面，你看怎麼樣？」

我心中湧起了一種有如颱風前的焦慮感，不管蘇菱娜的謎底如何，情勢發展至此，已到了短兵相接的地步。

暮晚的時候，北門口出了車禍，我的車子被塞住，八時四十分才到達AA咖啡館，我走進A

字型的門框，用目光搜索了三遍，才發現韓比特就坐在靠門的地方，有個披長髮的少女陪著他聊天，使我看走了眼。

「比特！」我輕輕叫了一聲。

「嘿，等你好久，以為你忘掉了。」

那女郎站起來，笑迎著我。

「這是趙小姐，剛剛才認識的。你看，她長得多像蘇菱娜——」

我端詳一下，說：「臉的輪廓有點像，還有——還有那披肩長髮……。」

「我想不像。」她謙虛地說：「天下不會有第二個女人像我長得這麼醜。韓先生，您的朋友來了！我不再陪，不過，我有個請求，十點鐘以後，您能請我喝杯酒嗎？」

韓比特沉吟一下說：「回頭看看，如果有時間，我很高興請你喝酒。」

她走向另一個空座上，我落了座。

「這位小姐氣質不壞，此地女人比香港好。」

「你剛到一個新地方，不免有點新鮮感。」

「你看她像不像蘇菱娜？」

我的目光移轉過去，看她孤零零坐在沙發上抽菸，仔細端詳一下：「我看，她不像。一個人面貌最重要的是那對眼睛，眼睛不像，就免談。怎麼樣，你想把她當作代用品吧？」

「沒有，絕沒有這意思，只是萍水相逢，說說好玩。」

「這一陣子，你究竟忙些什麼？」

韓比特一招手，召來了侍者。「老林，我剛才叫的檸檬水還沒喝完，你要喝什麼？」

「一杯熱咖啡。」

「你問我忙些什麼，說來話長。本來教書是很愉快的事，沒想到，搞得非常煩人，每日門庭若市，應接不暇，臺灣這個地方很怪，不知道是美國欠臺灣的？還是臺灣欠美國的？此地人一生下孩子，頭一件事好像就是要孩子讀英文。自學堂開班到現在，每天都有許多家長帶著孩子來找我，要求准許他們的子女到我洋學堂來上學，學費隨我開口。我告訴他們，我是教外國人講國語，本地小朋友說的國語個個都比我棒，送到這裡來有什麼東西可學？他們的意思，只要把孩子送到這裡，和洋人的孩子混在一起玩就夠了，只要我點個頭，照外面補習班的行情三倍、五倍計價都可以，使我每天都很頭大。」

「這是臺灣的一種風氣。蘇菱娜怎麼了？」

「她來了，她到臺北來了。」韓比特從西裝內袋裡取出一封信，在小檯燈下照了一下，然後，遞到我面前，又順手把燈推移過來。

親愛的比特：

我也來了。

你眞好，肯接受我的忠告，捨棄了香港的一切，而移居至此。雖然，你目前的工作並不理想，也還沒有完全割掉你的「美國臍帶」，但總算歸了根。先在這裡安定下來，相信有你做不完的工作。振作起來，適應你的新環境，迎接你的新工作，我的心常與你同在。

蘇菱娜

我好感動，好一會說不出話來。

「她，實在太可愛！」

「你看該怎麼辦？」韓比特問。

「坦白說，這件事一開始，我認為一定有誰在作弄你，現在我不能不改變這想法。」

「為什麼？」

「非常明顯，這些信件未含有政治意義與利害關係，每一字一句都是至善至美、至誠至聖，絕無半點作弄的意味和誣害的意圖。世界上絕不可能有這麼一個好心的閒人，運用高度的智慧與技巧，偽造這麼多文書來感動你，鼓舞你走向人生的正道，因此，我就不能不改變我的看法。」

「那麼，你相信她確實活著？」

「不。」

韓比特愣了一下，雙眼投射出一股困惑的光芒。

「她死了？」

「也不。」

他愣住，像電影的一個特寫鏡頭突然煞住，張著大而鬆弛的嘴巴，饑渴似的期待著我用回答來餵他。

我卻餵他以一陣沉默。

過了一會，他發出無助貧弱的聲音：「難道她……不死……也不生……」

「好像是——」

「不合邏輯的答案。」

「邏輯對此無能為力。」

「你能不能說明一下，」韓比特轉身向櫃檯，「喂，小妹，拿一瓶酒來。」

侍者應聲而至，「先生，你點什麼？」

「一瓶酒，什麼酒都可以。」韓比特急促地說。

「對不起，先生，這裡不賣酒。」

韓比特站起來，從口袋掏出一張百元鈔票：

「請你到外面替我買一瓶來。」

「對不起，本店的規定不能這樣做。」

「我們在這裡聊一聊，要喝，回頭再換個地方，還有人在等著你呢！」我早瞧見對面那個長髮女郎頻頻丟眼色過來，我裝作沒看見。

「好，回頭出去喝酒。」韓比特坐了下來。「現在，請你說說看。」

「根據現有的情況加以分析，她實在沒有理由死去，也沒有理由活著，我知道，我說得很玄，但是，事實就是這麼玄。」我飲了一口熱咖啡，長長地吁了一口氣，接著說：「我先說她沒有理由死去的道理，你手中握有這麼多封親筆簽名的信件，內容又無懈可擊，因此，我沒有理由否認她的存在。同時，我又認為她也沒有理由活著，至少她曾經死過一段很長的日子。現在，縱使我們能取得她的骨灰，化驗出其中含有假造屍體的成份，而證明當時她並未死亡，我仍然要堅持她至少在後來某一個時間曾經死亡，或者被冷凍起來，不久以前才解凍而再度問世。」

「你為什麼這樣想？」

「道理很簡單。以你我兩人為例，我們的性格經過十九年社會大磨坊的折磨，如今剩下多少當年的豪情和銳氣？如果蘇菱娜一直活著，她並非一個不食人間煙火的仙女，也一樣要在社會大磨坊中旋轉十九年，到如今，她怎麼能一成不變呢？比特，你想到了這一點沒有？你看，她所有來信的中心思想，和十九年前完全一模一樣，她依然是那麼正直、尖銳、火熱、純良與一腔浪漫的胸懷，她也依然瞧不起黃金美鈔與美式生活，也依然那麼熱愛中國與嚮往東方——有此可能嗎？讓我們自己照鏡子看，十九年以來，我們變得多醜、多俗、多臭、多下流！唯獨蘇菱娜一成不變，怎麼可能呢？因此，我說，唯一可以解釋的是，在這十九年中，她大半時間是被冷凍著，未受社會污染，最近才解凍而重入社會，她才能依然故我，你以為如何？」

「你的分析頗有道理，但是，太離奇，遠比我的設想還要離奇。」

「我，向來不做驚世駭俗之論，因為擺在眼前的事實太離奇，分析起來，就不免有令人很迷惑的地方，我們必須運用我們的智慧來破解。」

「你看我該怎麼辦呢？」

「四個字：冷靜觀變。」

韓比特收拾他的老花眼鏡、打火機。「我們走吧，找一間小酒吧去，那位趙小姐呢？」

「她剛剛陪一位客人出去了。」

「走，上酒吧去。」

「我看還是分手吧，」我說：「要喝酒，改天再找個機會，在酒吧裡喝，只有胡鬧，沒有情趣。」

就這樣，在夜色，各走一方。

第二天，我一大早到基隆辦事，下午回辦公室，看到同事留話：「姓韓，三次電話，有急事。」我便先試韓比特。
「比特，是你找我嗎？」
「是，我找到了蘇菱娜的線索。」
「她在哪裡？」
「在你那裡，我有證據，證明你知道她在什麼地方。」
「胡說，你有什麼證據？」
「今天下午我收到她一封限時信，得到了證據。」
「你快說，究竟是怎麼一回事？」
「昨天晚上，我們在ＡＡ咖啡館遇上一位長頭髮的小姐，我說她很像蘇菱娜，你記得嗎？」
「記得，怎麼啦？」
「今天蘇菱娜來了一封信，抗議我竟把那風塵女人跟她相比，使她很傷心。老林，當時只有你我兩人在場，蘇菱娜既不是順風耳，又不是千里眼，怎麼這樣快她就知道了？我想了很久，終於想通，只有一個可能，你和她之間暗中有聯絡，否則，她不可能知道得這麼快。」
「比特，這件事的確很奇怪，值得追究，我先向你表明一點，跟我毫無瓜葛。」
「我認為除了你之外，再沒有別人。」
「比特，我很同情你的處境，希望你保持冷靜，才能破解這個謎團。」

「一定是你，沒有別人，我甚至懷疑你和她的勾搭，可能從所謂『自殺』開始到現在，自始至終是一場大騙局。」

「比特，你越說越不成話，冷靜地想一想，昨晚的事，你我是居於同等地位，如果你硬說除了我以外沒有別人，那我也可以說，除了你自己以外，沒有別人，原來是你在自導自演這把戲——但是，我不會說這種沒有理性的話。」

「我的地位跟你並不相同，我是一個被害者……」

「是的，你是一位被害者，但我是被害者的最好朋友，你沒有權利輕易毀掉一個像我們這樣關係的朋友。」

沉默了片刻，接著，韓比特用較緩和的聲腔說：「那麼，會不會是咖啡館那位小姐有問題？」

「我看是不會的。啊！你是不是懷疑她就是蘇菱娜？」

「算年齡，相差太遠。」

「論氣質，差距更大。」我回他一句。

「我想，她至少和蘇菱娜有什麼關係，否則，這麼小的一件事，不可能一下子就傳到蘇菱娜那裡。」

「我們不妨大膽假設，可要小心地求證。」

「我傷了蘇菱娜，心裡好難過。」

「心裡一難過，就得損害更多人？」

「對不起，老林。現在，你看該怎麼辦？」

「騎著驢兒看詩書，邊走邊瞧，不要著急。」

幾個禮拜過去，韓比特再沒有音訊。有一天，突然在一家報紙的巨幅廣告上，出現了韓比特的名字，當日電視新聞廣播也出現他的音容。廣告的文詞非常堂皇而有吸引力：**「首創中美兒童聯合語文教室」「環環的自然薰陶，代替了填鴨教育」「地理的變換——士林變美國；經濟的學費——臺幣變美金」「本學堂敦聘美國學人Mr. Peter Han——韓比特先生擔任班主任」**哇，乖乖，吾友韓比特出的好主意，這一下，他好過了，他只需僱幾個好保母，用不著什麼教學，讓中華兒女和碧眼番兒混在一起玩，中美語文大交流。臺北大企業老闆用黃金也得鋪一條路到士林，好送他們的孩子進入韓比特的教室。韓比特終於竄紅了，我非祝賀他不可。

我趕緊撥電話給他，掛了十來次，一直線忙到了晌午的時候才接通，接電話人的聲音，不但陌生，竟是一位美國妞兒的聲音：「哈囉，這是中美聯合語文教室。」

我立即也改洋腔：「我是Mr. Crazy Lin，想跟比特．韓說話，請！」

「噢，很抱歉，請再說一遍，你的名字Cra……什麼？」

「Crazy就是瘋狂的狂。」

「呃？中國有這名字呀？」

「這是中國貴族專用的名字。」

「嗯？怪不得我今天第一次聽到，狂先生，請你等一下。」

雖然韓比特已經發跡了，他一聽到狂人的大名，還是賣交情，立即來接：「老林嗎？」

「比特，恭喜你，大發利市。」

「唉，這是幾位老朋友弄出來的新花樣，登報以前，也都不跟我商量一下，就這樣大張旗鼓，把我放在老虎背上，欲下不得！」

「幾個禮拜前，我叫你騎驢子，現在你改騎老虎，風光多了！」

彼此大笑一陣，韓比特說：「事情本質是不壞的，不過，做得太招搖了一點。」

「也不算什麼，在一個商業社會中。」

「畢竟是一件文化工作，不宜過於招搖。」

「剛才，我的同事說，這是辦國民外交呢！」我打趣地說：「現在國際上不是正在提倡People to People運動嗎？這是小國民對小國民，更值得大大宣揚啊！」

「老林，你別挖苦人。……噢，我這裡又來了一大批人，改天再談吧！」

韓比特開業，大發利市，我該送他一件什麼禮物呢？盤算了一個下午，想出了一個好主意，我決定送他一幅廣告，由我來設計，必合韓比特的心意。我的構思是設計一幅「啞廣告」，其中沒有文字，只是一幅生動的畫面，表現著中美兩國兒童共處在一個課堂中，洋溢著歡欣、和諧、高貴、優雅的氣氛和情調，下面用秀雅的小號字體標明著「中美兒童聯合語文教室」，再附註地址和電話號碼。這廣告看起來明麗清雅、生動引人，一刊出去，政府非派一排警察到士林聯合教室註冊處維持秩序不可。我送這份賀禮雖然費用大一點，但很值得，說不定幫助我自己拿到今年度最佳廣告設計獎呢！

我正想打電話給韓比特，跟他約定時間到他學堂拍攝照片，沒想到，他先打過來：「我是比特，我問你，今天晚上你有空嗎？」

「有空。」

「晚上請你到我這裡來。」

「有什麼事嗎？」

「我快要死了，我想跟你談一談。」

「怎麼啦？學堂裡出了什麼事情嗎？」

「沒有，學堂好得不得了，另外有一件事，使我很難過，你來，我們再談。」

「這麼要緊？那我現在就來。」

「不，現在不行，我這裡鬧哄哄。你晚一點，等人都散了，我們關起門來，切掉電話，好好地談一談。」

中美兒童聯合語文教室設在士林外僑區地帶，我按報紙廣告的指示圖，驅車直駛到大門前，那是一幢二層西式建築，樓屋宏偉、設計雅緻，惟空地稍嫌狹小。我輕撳一下汽車喇叭，玄關上燈光隨即明亮，韓比特奔將出來，打手勢助我把車子倒開進去。

「歡迎，貴賓。」

進了屋子，穿過服務檯、註冊處和一列教室，再被引到樓房後面的一幢平房，三間房，韓比特的公私生活都在這裡：辦公室、寢室和小餐廳。餐桌上放著一瓶洋酒、罐頭和幾碟小菜。

「今天晚上，我們兩人對飲，不醉不休。」韓比特難得有此豪情。「這裡的電話已經切掉了，明天是禮拜日，大家沒事，盡情暢飲。」

相對而坐，在明亮的燈光下，才發覺他又瘦了一點。

「菜少，酒多。」他說。

我拿起酒瓶，看是老牌夏堡（Chabot）白蘭地，便問：「這瓶好酒，你從香港帶來？」

韓比特把酒瓶拿過去，替我斟了一杯，「家長剛送給我，睡房裡還有好幾瓶。」

「哪個洋家長這麼慷慨呀！」

「想吃洋人的？做夢。本地家長才會出這個手。管他誰送的，乾杯！」

「慢慢來。」我舉起杯子，「比特，恭喜你，乾下去，我真沒想到這學堂有如此場面。」

「我自己也沒想到。」比特一飲而盡。「還早呢！還要增設舞蹈班、音樂班、美術班，他們計劃逐步擴充，正在申請擴充登記。」

「他們？」

「是的，他們。」

「跟你無關？」

「我做夥計，算老幾？」

「他們是誰？」

「中美兩國幾位熱心兒童教育的朋友。」

「舞蹈、音樂方面的師資怎麼辦？要教洋少爺的呀！」

「向國外聘請第一流的舞蹈家、音樂家。」

「就是他們肯來，薪水價錢也吃不消。」

「聘請已經退休的一流人才，價廉物美。」韓比特一邊開罐頭，一邊說：「我來臺北這段日子，發現今天在臺北做買賣不怕貴，就怕不夠洋；要土，就要土到底，土到鄉下甘蔗汁也會很吃香。」

「下禮拜，我到這裡來，拍幾張照片，可以嗎？」

「拍照幹嘛？」

我不想說破，只好胡謅，「我喜歡孩子的照片，拍好了，一定送你幾張。」

「隨你怎麼拍就是了。不過，我們的家長要買的話，你可以開高價，卻不能拒絕交易。」

「你的情況這麼好，今天下午在電話中幹嘛要死要活的？」

「我真的要死了，才請你到這裡喝幾杯。嘿，這是海螺，味道不錯，你試一試。來！我們共同為蘇菱娜乾一杯！」

「好酒，」我一飲而盡：「你說，究竟什麼事？你不說，我喝不下。」

「急什麼呢？慢慢喝，慢慢談。」他又替我斟滿杯。

「難道你得了癌症？」

「唉呀！你不提，我倒忘了抽菸。」韓比特東摸摸西摸摸，摸出了一包菸來。「如果能得癌，那倒是好事，人生但求一解脫；我苦就苦在解脫不了，只好借酒。」

「不要再開了，兩人一瓶，我已經吃不消了。」

才喝半瓶酒過一點，韓比特又到睡房裡拿出一瓶來。

「喝下去，我才告訴你。」

我只喝了一小口。

「不行，再喝！」

「讓我喘一口氣，好吧？」我挾起一片鱿魚干往嘴裡送。

他走出去，一轉眼就回來了，手中拿著一封信，我心裡有數了。

「又是蘇菱娜的信。」

「沒錯，把這杯酒喝乾，才給你看。」

我喝了，睜大眼睛看蘇菱娜的英文信，每一行字都在紙上遊行、舞蹈著，一個字、一個字吃力地讀著。

比特：

自從我父母雙亡之後，再沒有什麼事比你最近在臺北的表現更使我傷心。我原期望你回臺灣來，做一個身上不掛「美國臍帶」的中國人，不料你到臺北之後，不但未把那臍帶割掉，恰恰相反，你創辦了「中美兒童語文聯合教室」，大量製造美式臍帶，以供應中國下一代小國民。

我是挪威籍女人，在英國出生，在中國長大。自幼隨家飄泊，不能不隨著環境的變遷而學習許多種外語，深受過此種苦，故對兒童過早學習外語之害有最深切的了解。

你和我一起長大的。很不幸，你未從我心上累累的語文創痕，體察出過早接受外語教育對兒童造成的嚴重災害，所以，在此刻，你最得志的頃刻，允許我和你討論一些冰冷的問題，以代替熱烈的賀辭。

按你所創設兒童語文聯合教室的辦法，我相信，中國兒童在你那裡入學，不超過一年就會講一口流利的英語，近乎美國小朋友的程度，而超過一般中國大學畢業生。可是，他們的智能還停留在初小的階段，這正如我當年由英國轉入中國小學就學情形相似，故我能預見到行將發生的各種災害。

我想問你第一個問題，中國兒童在你教室學習英語一年，而能説流利的英語後，下一個課程，你再教他們什麼？難道是美國文學史，或英詩概論？

第二個問題，你的英語教室若規定一年結業，我想你知道的，小孩學得快，忘得也快，他們離開英語教室後，不出一年全會忘光，那麼你所教的目的何在？

當然，採用當年先父施在我身上持續的訓練方法，可以使兒童維持其外語學力，可是，一待學童進入初中，衝突開始了，他們必定忽視學校的英文課程，藐視英文老師，傲視同班同學，而且徹底崇拜洋人。特別請你注意一點，你的「兒童語文教室」業績越好，這種副作用將越大。

我的童年是掙扎在各種語文的亂流中度過的，所以能深深體會中國兒童過早學習外語的災害，將遠較我嚴重。除了我是外國人的理由外，另一種重大的差別：當年，我的同窗是一群良善、樸實、耐苦、好奇的中國孩子，而今中國孩子在你的教室中，面對的是一群美國少爺。

我知道此時大家都忙著祝賀你，原諒我，唯獨我不，因爲，我已清楚預見到你的成功就是中國教育的破產，民族幼苗枯萎的開始。

比特，我好傷心，好傷心！請你答應我的懇求，撇開你和我的私情舊誼，也撇開國家意識不談，只爲憐憫那些天眞無知的孩子！我懇求你不要這樣做，比特，饒了孩子吧！好嗎？……。

蘇菱娜

我的眼睛潤濕了，看韓比特的扭曲身影，一邊飲酒，一邊打嗝，一邊嗚咽著說：「蘇菱娜多可愛，我們男人都沒有她的見地。」

「我們都老了，只有她還年輕。」

「我們都是懦夫，只有她堅強。」

「比特，你……。」

韓比特用手勢截斷我的話，他閉著雙目，輕搖著腦袋，翕動著嘴唇，陷於片刻的沉思，然後，開始低低地唱著——

蘇菱娜！
你遠在
斯堪地那維亞的天邊；
近在

西子灣的眼前。
但求你，
不要出現！
不要出現！
我患了傳染性的絕症；
邪惡、
虛僞、
痲痺、
不仁、
蘇菱娜喲！
你在天邊，
或在眼前；
但求你，
不要出現！
不要出現！

「好，比特，你這支曲作得真棒，可惜沒有錄音。」

「錄音幹嘛？隨心作曲，隨興忘掉才好。」他拿起酒瓶斟滿兩杯，大聲叫道：「喝酒！不許再哭……哈！哈，哈……，這杯酒喝下去，好，你跟我笑，哈，哈，哈……」

我試圖跟著他笑，笑得很吃力，終於失去了知覺……。

我微微地睜開眼，眼前像一片迷霧，隱隱約約地顯現出蘇菱娜的身影，漸漸地清晰起來，她手中拿著一把網球拍，是我以前用過的，她對我微笑著，我正想呼喚她，忽然，意識到她是鬼魂，我驚惶地坐起來，才感覺到我睡在一張床上，床的對牆掛著一幅放大的蘇菱娜照片。我很迷惑：怎麼會睡到蘇菱娜的閨房裡來呢？轉過頭，看靠床一張書桌上，放著一框韓比特的照片，這才弄清楚，我是睡在韓比特的房裡，我想我醉了。

我起來尋找韓比特去，穿過走廊，看餐廳裡燈光明亮，杯盤狼藉，走向辦公室，韓比特正側睡在一張長沙發上，發出沉重而均勻的鼾聲。我替他關上了電燈，便回到房裡來。

我從書架上取下一本書《唐璜的門徒》，走向床的盡端，伸手到牆上摸一下蘇菱娜的影像，然後躺在床上，看唐璜的神祕舉止和詭異的言談，忽然聽見走動的聲音，我便叫了「比特」兩聲，沒有回應，就不再出聲，正拿起書來，聽到打字機的聲響，字鍵跳動得非常快捷而均勻，我便滑下床，整一整衣服，走到辦公室門口，看見韓比特端坐著打字，一如他通常上班時的神態。

「比特。」
沒有回應。
「比特……。」
他好像聾子。這時，一隻飛蛾沿著打字機上的照明燈盤旋著。
我走到他的身邊，輕喚他兩聲，他停了下來，只思索一下，又繼續打著。
更深夜靜，他趕打什麼文件？我很好奇，試瞧一眼，我的目光一觸到紙上，就像觸了電似的，想叫出聲，強自抑住，飛奔回房裡，渾身不停地顫抖著，我只看到第一行字：My dear Peter（我親愛的比特）……。
我靠在床欄上，聽我自己的心跳。我想起來了，啊！可憐的韓比特，我想起了他的老毛病，如今又發作了。他自幼患著嚴重的夢遊症，每天夜晚，他的雙親都守在床邊，等他夢遊過去，才上床安睡。後來，韓比特漸漸長大，夢遊症發作次數減少，每次韓比特在外頭過夜，他父母一定要我陪伴著。有一次，我們到山村旅行，夜宿寺廟，半夜裡，他悄悄地起來，爬到塔頂欄杆上行走，像走鋼索一樣地驚險，嚇得同學們不敢聲張，他卻很泰然地自塔樓石階上慢慢走下來，我把他帶上床，他一翻身就睡得像個死人。天亮時，同學們向他提起夜遊塔頂的事，他毫不知情，也不相信。
我原以為夢遊是小孩玩的玩意兒，沒想到韓比特已邁入中年，居然還會玩這個老把戲，而且玩得絕頂，他竟藉著夢遊使已死的情人還魂起來，與他保持密切的聯繫，而鼓勵他，督促他，也責備他，使他不再孤寂。我，是這世界唯一發現這祕密的人，我該不該把他從夢中叫醒過來？該不該破滅他的幸福幻境？……

走廊上又傳來一陣腳步聲，我立即衝了出去，看韓比特手中拿著一封信，正朝著大門走。

「比特，你上哪兒去？」

他毫無反應，我緊緊追著。他打開門閂，微啟大門，側身走出去，從容不迫地沿著巷道走，終於停留在巷口郵筒邊，小心地把那封信投進去，便轉身走回來，輕輕關上門閂，走進他的寢室，睡在自己的床上。於是我必須和他交換床位了。看手錶，時間是午夜一時四十分，我便靠在長沙發上，思量了一會，不禁失笑起來，我已面臨一樁非常離奇、但很嚴肅的事實。我正居於近似古代神怪小說中所描述大法師的地位，我目擊一個男人與女鬼密切交往的現象，我有責任、也有能力運用我現代智識的法力，來徹底摧毀這種詭異關係和交往，但是，我自問，我該不該這樣做？在我心中，蘇菱娜遠比《白蛇傳》裡的白素貞更可愛，韓比特也比許仙更善良，我該不該扮演殘忍的「法海和尚」這角色？

不知道什麼時候，我睡著了。醒來時，陽光正照在我的身邊，韓比特坐在旁邊一張沙發上看報紙。我渾身疲軟無力，胃裡很不舒服，我深深地吁了一口氣，引起了韓比特的注意：「早安。」

「你早，」我有氣無力地回應著：「昨夜裡我什麼時候醉了？什麼時候上床？我全不知道。」

「我一直很清醒，是我把你送上床的。」韓比特說，「但有一件事很奇怪，我明明是安頓你睡在我的房裡，我自己睡在這張沙發上，不曉得怎麼搞的，我醒過來，我們的床位互相調換了？」

「這一點，我倒很清楚。半夜裡，我起來上廁所，剛好你也起來，就搶著回到你自己房裡去睡，你看，你多小器！」

「這真是怪事。」韓比特哈哈大笑一陣。

韓比特已把各個房間整理清潔，我漱洗過了，他替我預備的早餐，我只喝一杯牛奶，胃脹得很，我幫他洗好餐具，便坐在辦公室沙發上聊天。韓比特先開腔：「我準備明天向董事會提出辭職。」

「為了蘇菱娜？」

「她的話有沒有道理？」

「每句話都擲地有聲。」

「所以我才決定辭職。」

我隨手從桌上拿起一枝原子筆，在報紙白邊上，憑著記憶模仿著蘇菱娜的英文簽名「Solina」，簽寫了一長列。

「學堂剛開辦，已經大張旗鼓，也宣傳出去了，你怎麼好說走就走呢？」

「我給董事會一個期限，臺北人才多的是。」

「辭了職務，你打算做什麼？」

「還沒有考慮，總不愁沒事做。」他挨近過來，瞧了一眼說：「這哪像是蘇菱娜的簽字？」

他從口袋裡掏出一枝鋼筆，很帥地簽了一個「Solina」，與她的親筆一模一樣。

「哦，真像！你怎麼簽得這樣逼真？」

「哈，我愛她多少年了！我一思念她，就不停練習她的簽名來消磨時間，從早年到現在，我簽的字要比她自己簽的多得多啦！」

「比特，我問你，你從小就患夢遊症，現在，這老毛病好了沒有？」

「據香港朋友說，有時候夜裡還看到我夢遊，不過，很少見了。」

「我說一句話，你可別見怪，我懷疑蘇菱娜的信是你自己寫的，而寄給你自己。」

「胡說！」韓比特立時變了神色，滿臉通紅，非常激動地說：「我又不是小孩，怎麼會跟自己開玩笑？老林，你說這種話，實在太不夠朋友！」

我站起來，決定回市區去。我只能把話點到這裡為止，再待下去，說多了，會傷他。

「對不起，我只是跟你開個玩笑罷了，請你不要介意，我走了。」

他並不留我，顯然他在生我的氣。我上了車，直踩油門，飛速朝市區開去。

回到家中，靜思半日，我決定不做第二「法海和尚」，讓韓比特繼續生活在美妙的幻境中。

雖然那是虛無的，對韓比特卻很實質：在他自我衝突時，藉以獲致調和；在他迷惘時，亮出暗燈，在他孤寂時覓得慰藉，實在不忍心加以破滅。

第二天大清早，韓比特就打電話來，說他又收到蘇菱娜一封信（當然是我眼看著他投入郵筒那封信），她告訴他，她在半夜裡聽到了他唱的歌曲，她很感動，很欣賞。

「那首歌曲是你隨興而作的，的確很感人！」

「我想把這首歌曲投給香港一家音樂雜誌，你看用什麼曲名？」

我沉吟一下說：「叫做〈你不要出現〉。」

「好，好，這個曲名好。」韓比特的聲音顯得很興奮，「喂，老林，我看，蘇菱娜好像就住在我的學堂附近。」

「這倒不見得。」我回答道：「不過，現在，我能肯定一點，她確實活著，而且活得很好。」

「真的？」韓比特大聲問：「你知道她在哪裡嗎？」

「知道，」我輕輕地回答：「她活在幽明之間……。」

——刊於一九七八年七月號《明日世界》雜誌第四十三期

3

性愛型

愛神有時酒喝多，錯把夏娃當亞當

他是好漢

無論從哪一方面看，李偉奇確實是一個突出的頂尖人物，他的才華高、幹勁足、氣魄大、反應快，尤其對人具有排山倒海的說服力。他不但在事業上做得有聲有色，在玩樂方面也很逞強，喝酒論碗，賭錢論萬，可是，最難理解的是，他每次玩女人也要論打成群，這一點，做得太離譜出奇。

一個男人怎麼能一次泡那麼多女人？因他擁有龐大的事業和財富，他的劣行在眾人心中顯得微不足道，甚至替他辯護，說他那樣做，是企業家應有的派頭和場面；也顯見他具有超人的精力，不那樣做，無法滿足他的生理需要。

雖然，李偉奇本身從不曾為自己的行為辯護，卻有許多人自動自發為他辯護，這正是李偉奇的「偉奇」處。

在對比之下，李偉奇的妻子顯得份外虛弱，好像一陣風就會把她吹掉似的，尤其是她那種誠懇、嫻靜、含蓄、多愁善感的個性，以及她在家計方面一點一滴的吝儉，和她丈夫的豪邁揮霍，形成了極強烈的對比。在一般人的印象中，她是一個愚笨無能的女人，不懂得享福；李偉奇在外面那樣撒野，顯然由於李太太過於虛弱、無法滿足他的要求使然，她似乎應對她丈夫的「撒野」負一部份責任，同時認為她對丈夫的野性行為絲毫未露妒意，並非出於她的涵養和容忍，而是她自知無能與理屈。

時日久了，經我觀察與了解，才斷定這對夫婦的對比個性，表面上是他太強，而她太弱；其實錯了，而是他——李偉奇先生太弱。

李偉奇確實在多方面都逞強，但是，「性」的方面斷斷不可以貌相，他在這方面的確很弱，特別在他酒後。

我這麼說，必使崇拜李「強人」的朋友們很不服氣，他一次進舞廳或酒家，少說也要帶走三、五個姑娘陪他入房。他在風月場所表現得非常憐香惜玉，有時旅館房間不夠，他把床鋪、沙發讓給姑娘們，自己卻睡在地毯上，而且睡得非常規矩，可套用章回小說「一宿無事」來形容，等他第二天傍午醒來，姑娘們早已離去，留下的事是他在帳單上簽個字。

他為什麼這樣做呢？因為他的性弱，故必須裝「強」來掩飾他的內虛；又須借酒壯膽，過量的酒精更削弱了他的性能力，於是引起了惡性循環，無可奈何，每有借酒裝強，而帶一大群妓女入房，以示其壯，正像缺少實學的人往往過份喜歡賣弄學問；又像缺少實力的人喜歡裝闊氣，擺場面一樣。

關於這一點，李太太的心裡最有數，她為了丈夫的自尊、李家的顏面，她忍受一切，而強自歡笑地說：「是的，我太弱，……。」其實，她才是個堅強的女性，因她強，故而能忍。當然她長期承受著這樣心理的重壓，不免經常鬧頭痛、腰痠、眩暈和神經性的胃疾，服用永遠不對症的藥物，那頂多只能使她暫時舒適一點罷了。

人，是一種多麼善於偽裝的動物，弱如李偉奇付出那麼大的代價來裝「強」，強如李太太也付出那麼大的代價來裝「弱」。前者為保持男子漢的偉大精神，後者為維護傳統的婦德和家庭的殘局。人，兼具有最高的智慧和愚昧，偽裝的機巧足以把自己蒙在鼓裡，而且未必自覺。嘻嘻！

我是侏儒

「今天，是我的決定性日子，我上醫院去動一次手術，頂多住院兩個禮拜——就算住上一個月吧！我也願意承受，我一出院，就成了英雄，個個女人都要對我服服貼貼……。」

天底下有這種人嗎？天底下有這樣事嗎？實在很難令人相信；但請你必須相信，這種人做這種愚蠢的事，越來越多了。

現在，讓我們把鏡頭轉向一家醫院。

那是一家泌尿科醫院，時間是上午十時稍過，已有不少病人進進出出，有位青年經過醫院門口，躊躇一下，隨即走向醫院門邊的小書攤上，他心不在焉地翻翻幾本書，又不時掉頭觀望對面馬路和醫院門口——那一帶並沒有當鋪，他卻像要上當鋪的樣子，一看醫院門裡外都沒有熟面孔，飛快地閃了進去。

當醫師問他害什麼病，他忸忸怩怩、吞吞吐吐地說：

「醫生，我的，我的東西……太小了。」

這是近年的泌尿科流行症，因此，醫生一聽就懂得所謂「我的東西」的意義。臺灣各大醫院泌尿科有百分之二十病人患著「我的東西過小症」。

醫生為安慰這種「庸人自擾」的人，必須顯出很認真的樣子，替他做下體檢查，結果幾乎都是一樣的結論：「很好，你的『東西』很標準。」

「不，醫生，你不要安慰我，我知道自己的東西不行。」他懇求著說：「請你給我設法放大一點，服藥、動手術都可以。」

「不必吃藥，更不必動手術，因為你的東西很正常。」

這種「病人」頑固得不可理喻，他不肯接受醫生勸說，無端恐懼著他下體的「東西」比別人小。這種人大都是神經兮兮的，很自卑，往往在其他方面很失意，表現得比別人差勁，不敢面對現實，而將注意力移轉在這無辜的「小東西」上，唯恐它不如人，斷送他的終身幸福。他們於是在各家泌尿科醫院兜圈子，尋求奇蹟，走過一家又一家，一旦碰上了江湖醫生，上了大當，才肯罷休。

好幾年前，高雄民眾診療院❶劉青彰院長給我看一張照片，考問我那是什麼東西？我一看，那是一個奇形怪狀、非常醜陋難看的東西，說不出像個什麼，那樣子有點像從深山枯樹下挖出來的一枝老朽根，古怪得無法形容。

「你信不信？這是一根男性的性器照片。」劉院長說：「因為，他感覺自己的性器太小，請江湖醫生動手術放大，竟把大好的器官弄壞了，變成這個樣子，到本院來請求設法復原。唉！別的器官弄壞了，都容易矯正復原，這東西弄壞了，真的要斷送他終身的幸福。」

對付這種病人，前高雄醫學院❷泌尿科主任江金培教授倒有一套奇招：他在診療室後面設下一個祕密機關，叫病人躲到後面，從「關口」偷窺其他病人的「東西」，讓他做個比較，以恢復自信。

「看清楚了嗎？」江醫生說：「他們都是到這裡來檢查身體，現在，你比較過了，你自己認為會不會比他們小？」

「差不多。」

「上帝製造器官的尺碼都很規格化，特別是性器方面。」

「有沒有方法放大？」

「有必要嗎？」醫生反問著：「我問你，你想這樣做，是不是希望表現得更男子漢一點？」

「是的。」

「一個男人，要充分表現男子漢的氣概，應該在感情上對女性更熱情體貼，在事業上表現得

---

❶ 高雄民眾診療院：一所軍醫院，創立於一九四五年，即今日國軍高雄總醫院，亦以「國軍高雄總醫院附設民眾診療服務處」名義為大眾提供醫療服務。醫院名稱幾經變更，作者寫作當時應為「陸軍八〇二總醫院」。（編按）

❷ 高雄醫學院：已於一九九九年改制為高雄醫學大學。（編按）

更有衝勁，在精神上表現得更堅毅；可是，你想利用醫學的技巧，在性器上假裝男子漢，對你的愛人而言，那不是幸福，而是侮辱，而且嚴重破壞了兩性的和諧；對你自己來說，這正是你懦弱的表現，你企圖藉著性器的放大，來強調你的男性感。你錯了，一個真正的男子漢是表現在自然與和諧上。」

這種「自嫌性器短小」病症的流行，乃近年臺灣報紙大肆刊登「性器放大」廣告所引起的災害，這種廣告對讀者產生了強烈的暗示作用，略帶神經質的人很容易被感染。臺灣醫學會曾在臺中市舉行「性的神經症」專題討論會❸，高雄醫學院泌尿科提出一項有趣的報告：病人中竟然有四位是和尚，他們也向醫師訴說患了性器太短、早洩、陽痿等症。由此可見，臺灣和尚先生們也夠新潮，久禁乍放，免不了發生早洩或陽痿；至於江金培主任在臨床上如何對這四位特殊患者處理「教規」和「醫療」間的衝突，這一點，他在座談會上未加說明，那是一件非常耐人尋味的問題。

我個人曾和一打以上具這種「性器嫌小症」朋友赤裸裸地交談過，發現他們大多數不是感覺他們的「東西」太小，倒是存心求「放大」的人居多；「嫌小」只是對醫生的一種藉口說詞。他們坦白向我道出，他們到醫院向醫生求助，希望採取外科手術將自己男性的性器放大，以加強男性感，藉此征服天下女性，變成女性心目中的「英雄」，這是多麼方便而廉價的英雄夢！

根據我個人探尋的資料，造成此種惡風氣的流行，可以歸納以下四種因素——

一、「男人性器的放大」和「女人性器的縮小」諸類廣告的氾濫，助長這種歪風的流行。

二、現代男性面對極度空虛和苦悶的世界，想藉放大「男性的象徵」來肯定自己。

三、近代女權的伸張，致使男性權威相對萎縮，因此，他們企圖藉此種放大的效果，挽回目前男性的頹勢。

四、近代女性廣泛流行「偽裝胸部」，以誇大女性的象徵，誘發男性產生一種放大「男性象徵」的相應衝動。

總之，這是二十世紀男性的苦悶和悲哀的象徵。

---

❸此專題討論會由臺灣大學醫學院謝有福教授主持，記錄全文刊於一九七九年五月號《臺灣臨床醫學》雜誌第三卷第五期。

拜夫狂

早年我在課本上讀過「拜夫狂」，只一筆帶過，未舉實例，我總覺難以思議，尤其在中國，婦女對丈夫大都愛在心裡，表現極盡含蓄，不解「拜夫狂」是怎樣拜法？我以為那只是洋婆們的肉麻作風，在吾國民中是不太可能發生的。

有一回，我陪一位來臺北留學的洋學生，拜訪一位姓王的朋友，王太太出來應門：

「稀客，稀客，請進來坐！」

「老王在嗎？」

「你找我老頭有什麼事？」

「我想給他介紹這位洋朋友。」

「真不巧，我那死鬼剛剛出去遊魂了。」

洋朋友懂得國語，但未解國情，頓時神色大變，我趕緊把他帶走。過一段路，他輕聲問我：王家出了什麼事？那位太太說話，又是老頭，又是死鬼，又是遊魂，這怎麼得了？

我對他說，他的中文程度的確不錯，但是，還未能了解中國女性的語言，那是字典上找不到的解釋。中國太太口中的「我老頭」相當於英文的「My dear」，「我那個死鬼」相當於「My darling」，「短命鬼『夭壽』」相當於「My sweet」，夫婦愛情越堅深，「死鬼」、「短命鬼」諸類語詞就用得越重。我又告訴洋朋友，不久以前，我因愛情受挫，幾番動起自盡意念，直到有個可愛的女人罵我一聲「討厭鬼」，我忽感渾身舒暢，重燃起生命之火，如今才有活力帶他來訪友。

洋鬼子聽了連「哦！」三聲，茅塞頓開了。

在中國婦女中，要找一位拜夫狂，恐怕比海底撈針還難，我這個人真有福氣，無意中遇到一位很標準的「拜夫狂」女性，他是我朋友柳亞權的太太。

我和柳亞權可以說是穿一條褲子長大的，年輕時，每至夜闌人靜時，我們常常閒聊將來可能娶到哪一型的老婆，什麼樣的女人都擬想到，就是不曾想像他竟然娶個「拜夫狂」的，也算是上帝巧妙的安排，柳亞權的天性本好自吹，配上一個「拜夫狂」的太太，真是「旗鼓相當」，再好不過。

不管朋友感情熱絡到什麼程度，一結婚就會疏遠些，特別是亞權娶了個拜夫狂的老婆，更加速拉開了朋友的距離。起初，我以為那是柳太太在蜜月期中的激情而已，卻沒料到她會發展到那麼嚴重的地步。

記得，在亞權新婚不久，我第一次到柳家，就覺得很不對勁。那是一個黃昏，亞權外出未歸，我坐在客廳裡和柳太太邊聊邊等著。

「你們上哪兒去度蜜月？」

「唉！亞權待我真體貼，他只怕我累，什麼地方都不去，要我利用蜜月假期，在家好好休息，每天逼著我吃這個、吃那個，再往下去，我怕要胖得走不出大門啦！」

「新婚蜜月，應該出去玩玩，以後，想出門，恐怕沒有現在這麼方便了。」

「亞權倒有亞權的計劃。」柳太太說：「他的想法很對，臺灣差不多都玩遍了，要玩，等將來到巴黎、羅馬、紐約去玩，才不糟蹋時間呀！」

這時，那隻跟我有過一段緣的黑貓從窗外躍進，慢慢走過來，依偎在我的身邊，牠是我們在單身宿舍生活時代共養的，一位同事從路邊上撿回來，又病又瘦，大家花了不少心血才把牠養大，亞權結婚時，分配的眷屬宿舍，是由單身宿舍改造的，所以這隻貓就歸他所有了。

「咪！咪！過來。」柳太太命令著。

牠垂著眼，不理睬。

她狠狠地走過來，把牠攫起，關進廚房裡去。

「這隻黑貓好可愛！」

「牠是亞權從——」

我的天啊！又是亞權！

「——從哪一國，好像是歐洲什麼地方，用飛機運來的，亞權替牠付了半價飛機票。」

我感到有點天旋地轉，好像進了阿拉伯的神話幻境。

「咦！他約我這時候來，怎麼到現在還不回來？」我忍耐不住了。

「亞權呀！這幾天他可忙壞了，教育部長要挖他走，經濟部也想聘請他，我們公司又硬要留住他，唉……。」

別的事我不清楚，在公司論淵源、資歷，我都比他深，一切底細都很清楚，於是戲問她道：

「既然各方面如此器重亞權，他決定何去何從？」

「得罪誰都不好，乾脆什麼地方都不去。」她想了一會說：「最後一條路，出國去。」

她吹牛皮沒打個底稿，我於是輕輕地點她一下：

「我對他很清楚，我們是多年的朋友兼同事。」

「對啦！你大可放心，你在公司裡有什麼困難，儘管對亞權直說，他一定會盡力幫助你。等他一有高就，也定會先提拔你。」

我渾身起了雞皮疙瘩。

「我不等他了，請你告訴他我來過了。」

「唉！亞權真是可憐，忙到這時候還回不來。噢！我問你，是他約你來的？還是你約他？」

「是他約我來的。」

「你必須等下去，他正需要幹部呢！一定是他看中了你，你可別錯過這個好機會。」解圍的救兵突然從天而降，二樓陽臺上傳來女人的喊聲：「喇叭花在家嗎？」喇叭花是柳太太在少女時期就有的綽號，我慌忙走到窗口回應著：「在喲！」緊接著一陣樓梯聲，夾雜著興奮、親熱的聲音：「喇叭花，我帶個東西來給你。」文書組胡小姐出現在門口，她用一雙筷子挾著一條豬尾巴，笑嘻嘻地朝屋裡望著說：「哦！林，你幾時來的？我挾一條豬尾巴來給柳家的黑貓加菜。」

柳太太立時把臉一沉，緊皺眉頭，用力揮著手說：「趕快拿走，趕快拿走！」

「怎麼啦？這是一條乾乾淨淨的豬尾巴。」

「哼！小胡，你和亞權共事這麼久，難道還不知道？亞權的一切都是最高級的，他養的貓，每天餵的是牛奶、魚肝、巧克力、冰淇淋，怎麼肯吃豬尾巴呢？」

胡小姐的臉立時飛紅，隨即爆出一陣冷笑：「喇叭花呀！你有幾兩重？我還不清楚？你才當幾天的柳太太，就端起架子來啦！漫說我幫著大家把這隻餓貓養大的，你——小喇叭，在婚前有沒有豬尾巴吃？我也頂清楚。你神氣什麼？幸好你才嫁個柳亞權，要是嫁個經理、科長之流，豈不把全公司的人都吞下去？」

「小胡，你說什麼？」柳太太氣沖沖地走到房門口，「你太小看人啦！我的亞權會把經理、科長放在眼裡？那才笑話囉！」

「哈，哈，哈！就說亞權將來有這個命當經理，娶了你這樣的太太，他就倒了楣，什麼也當不成。我告訴你，像你這種女人，必定有一天落得連豬尾巴都沒得吃。」小胡悻悻地挾著豬尾巴回樓去了。

柳太太把臉貼在沙發靠背上哭著，我悄悄地溜走。

為劃清公私生活的界線，我一結婚就不住公家配給的宿舍，寧可省吃省穿，也得在外面租一間小房子住，事實證明我的決定是正確的。自從眷舍區出現了這麼一個「拜夫狂」的寶眷，我更加慶幸。有一天，一大夥同事的太太們到我家來控訴「喇叭花」，要我站在老同事立場，替大家評評理。她們七嘴八舌地模仿柳太太的聲調說給我聽：

「你看，你先生上街回來，兩手空空的；你看過的呀！我的亞權對我多麼體貼！他每回上街，必定大包、小包地帶著一大堆東西回來給我。

「哎呀！王太太，這麼晚了，你一個人孤零零地坐在家裡，你先生上哪兒去哩？——不知道？唉！我的亞權可真好，他很少晚歸，偶爾一兩次晚點回家，不管他到哪裡去，總會交代個一清二楚，你得管管你先生啊！

「哎呀！你家這架電唱機怎麼能聽呢？亞權買那一套四聲道音響設備，單單一個喇叭的價錢，就比你的電唱機還貴，你趕快把這架老爺機給摔了吧！……。」

我對她們說：雖然我不住眷舍，柳太太這種聲氣，我早就領教過，她的表現的確很淺俗，但不犯法，我們對她無可奈何，公司更無權過問。

她們決定向公司提出訴願，並準備與喇叭花攤牌：「要不是喇叭花搬走，就是全體眷屬遷出。」

我認為不大妥當，這樣做，會傷及老同事的感情，於是決定由我出面試圖協調，何況柳亞權是個很要面子的人，解決不了，他也會自行處理。

調解這椿事，關鍵在於柳亞權，拜夫狂的「喇叭花」只是柳家的一隻鸚鵡，跟著他弄舌而已。柳亞權本是個通情達理的人，卻有一個毛病，頂喜歡吹噓。誰都不反對誰吹噓，只要找合適對象和場合。我先到辦公室跟柳亞權談，告訴他宿舍裡發生了小糾紛，然後輕輕點他幾句話：

「人生本來是一個舞臺，每一個人都在演戲，有的戲平平庸庸，有的戲驚心動魄，都算是一齣戲，但要把握住一點：戲要在前臺演，可不要在後臺演給自家人看。我們好朋友都是後臺裡的人，亞權，你記住這一點就好了。」

他很明白我的意思，並且歡迎我單獨跟他親愛的喇叭花談一談。我到了柳家，見到柳太太，先投其所好，極口誇獎柳亞權，列舉各種事實，都是她聞所未聞的。她聽了渾身舒服，兩眼閃閃有光，發出一種過度喜悅而顫慄的聲音：

「我好高興，柳亞權能有你這麼一位知心的朋友……。」

「柳太太，承你看得起我，把我當知心的朋友，我就得盡朋友之誼，奉勸你幾句話：柳亞權的確值得我們欽佩，但是只許朋友替他吹噓，可不能由你嘴裡說出來，你一說，就一點不值錢；他的為人，值得妻兒感到驕傲，一個妻子能夠讚賞，甚至崇拜她的丈夫，是家庭最大的幸福，但是你必須關起門來崇拜他，不要越出你的房門，否則，容易傷及你的鄰居、好友以及你丈夫的公共關係。記住，關起門來，把丈夫當作皇帝——我希望你明白我的意思。」

話說完，我就走。

這以後，聽說她稍稍收斂了，但本性總是改不了，柳亞權是很識趣的人，不久就另謀他職，易地而居。從此，我和柳家就疏遠了。

十八年以後。

柳亞權突然約我見面相談，他很沉痛地對我說，他和「喇叭花」的感情到了不可收拾的地步，非離不可，分居一年多，他並且已和另一個女人同居，可是喇叭花死也不肯辦理離婚手續，再拖下去，只有增加彼此的痛苦，因此，他希望我能出面勸勸她。

要我勸喇叭花辦離婚，比叫泥菩薩點頭更難。我敢斷言，她不但不會接受我的協調，根本就不願意我接觸這個問題，如果不信，請亞權先試探她的口氣。

果然不出我所料，幾天以後，柳亞權打電話說，她斷然表示，只要我知道這件事，她立即自殺。事實很顯然，雖然她結婚十九年，也生了兩個兒女，可是她和丈夫並無愛情，只在演戲，一直演了十九年，而戲臺下的觀眾，百分之九十九都是我的好友，一旦我揭穿了她不幸的祕密，叫她如何把戲收場？

這對夫婦的感情弄得很僵，我非常同情她，我只好裝傻，一直扮演她忠實的觀眾，耐心欣賞她所主演的「喜劇」，並且加以大聲喝采。

以往，我很少上柳家門，從這時起，我不常、但偶爾會帶一點東西去探望她。我去之前，必先和亞權聯絡，問他有什麼吩咐。

既然是演戲，我敲柳家門，先叫兩聲「柳亞權」。然後，戲就上演了。她的客廳是華麗的舞臺，四壁掛滿了廿年來（包括戀愛時期）柳亞權在年節、生日贈給「喇叭花」的賀卡，每張卡片都用英文簽寫「My dear」「My sweet」諸類親暱的稱呼，此時此景，形同道具戲文，我這才體會出我國傳統家庭「老頭」「死鬼」等稱呼的真情原味。

她登上舞臺，開始唱作，讓我在下面節錄幾段臺詞——

「亞權正在做環球演講旅行，一路上都用航空包裹寄回各種名貴禮品給我，你看，我手上這只手錶，是他特地託朋友從瑞士帶回臺灣；檯上那只花瓶，是從義大利來的，那套玻璃杯是法國製的……。」

「美極了！」我說：「現在，他在哪裡？」

「昨天深夜裡，他從倫敦一下旅館打個很長的國際電話給我。我哭著哀求他，為了照應兒女，我不能隨行伺候他，感到十分內疚，如果女人有助於他的靈感，他儘管在外找女人，好消解他旅途的寂寞；我對他唯一的期求，只要他能保住家的本位就滿足了。老林，你猜猜看，亞權怎麼說？他說：他愛我終身不渝，從一而終。」她說至此，流下兩串動人的眼淚，然後接著說：「亞權，亞權，對我實在太好了！」

這時，我才發覺她的女兒揹著書包站在走道邊上，用不屑的眼神望著她的母親，發出很尖硬的聲音：

「媽，今天中午，爸開車到學校來，載我到西門町吃飯。」

「胡說！」她用力揮著手，大聲嚷道：「趕快進去做功課，少囉嗦！」

柳家的女兒重重地把房門關上。我這才知道，原來「喇叭花」所演的戲只有一個真正的觀眾——是她自己，還有半個我；連她的女兒也在拆她的戲臺。

——刊於一九七六年七月號《明日世界》雜誌第十九期

老大姐

「本人宣告婚禮中止！」

這是我參加過最尷尬的一次婚禮。當行禮如儀至「來賓致詞」時，新娘的老師、也是我的遠親老大姐，以老師身份登臺致詞，本是一樁順理成章的事，誰可料到她劈頭是這麼一句話，正像投擲下一顆炸彈爆發似的，全堂震動，天旋地轉，她接著用手指著新娘罵道：

「你背信！你無恥！下流的叛徒！竟敢偷偷嫁人……。」

新娘立時昏倒在主婚人懷抱裡，司儀飛快地搶上臺去，把老大姐拉下來。她邊哭，邊罵道：「你這下流胚子！卑鄙、污濁！骯髒！無恥的女人。」

我們好不容易把她弄上計程車，送她回學校宿舍，這個不愉快的婚禮就此草草完成。開宴時，門口戒備森嚴，深怕老大姐再度來襲擊。

我的老大姐出身於一個很保守的家庭，不僅是林氏家族，即在敝縣中，她也是女流中的佼佼者，受過高等教育，也出盡了鋒頭。

我開始懂事的時候，她已年近三十，在我家鄉，女子到了這年齡，在婚姻上早已判了死刑，何況她是個大學生，婚姻更是死定了。

聽說：她在十八年華時，曾愛上她的表哥，不幸，這初開的情花未結真果就殘掉，從此，她痛恨男人，避談婚嫁，專心於教育事業。

她有響叮噹的學經歷，既無家累，專心教學，因此，深受各地學校歡迎，數十年來，她走遍南北天下。不過，她有個怪癖，所到之處，都收了一群乾女兒，一經她「收乾」之後，女兒們就漸漸變成陰陽怪氣的，大唱「獨身主義」調子或者「男人骯髒論」，不論乾媽乾女兒，相聚過密，不免引起耳語閒言，好在中國社會和學校對女人的親熱，一向不加深究，這是中國人比西洋人高明處。

乾女兒收多了，免不了有少數抱「獨身主義」門徒中道變節的，老大姐就傷心欲絕，終於演出了上述鬧堂的場面。這件醜聞震驚了學府，她乃向臺北女子師範學院❶稱病辭職，倒是很明智的決定。從此她行蹤不明，直到兩年以後，我突然收到她的一封信，才知道她到南投縣竹山寺「修道」去了。

❶ 臺北女子師範學院：創立於一八九五年，最早名為學務部芝山巖學堂，後校名、學制幾經變更，即今日臺北市立大學。此文寫作當時，應為該校的女師、女師專時期（一九四六～一九七九），校名極可能是「臺灣省立臺北女子師範學校」或「臺灣省立臺北女子師範專科學校」或「臺北市立女子師範專科學校」。（編按）

她的信大意說：「自從看破塵世，前來竹山修道以來，承蒙菩薩佑助，一切安吉，每日誦經之餘，定時教導僧尼讀書習字，相聚甚歡。惟有二事缺失：其一，素食過於清淡，所含維他命和卡路里距標準甚遠，若不離此，生命恐難持久；其二，寺內無電燈設備，夜課損眼力，長此以往，恐將未老先衰矣！」

我這位寶貝的老大姐，既入「四大皆空」境界，還在計較維他命、卡路里呢！我生平最討厭在吃東西的時候，高談維他命，正像男女在談情說愛時，有一方提起「兩性荷爾蒙正在起作用」一樣的討厭。她卻最喜歡這老套，吃的情調完全被她殺盡斬絕。有一次我請她吃西瓜，她向我強調西瓜皮含「維他命什麼」最豐富，我尚可忍，她卻硬要我學她連皮都吃下去，我真的要生氣了。這種女人入山修道，我深怕尼姑庵給她攪亂了，真不知竹山寺的菩薩倒了什麼楣！

提起她的營養經，我必須說明一點。老大姐為什麼那麼講求營養呢？我以為，這顯示出她對性的內在渴求；不論男女，如果對性的渴求而不可得，往往會移轉到嘴唇——「吃」的上頭去，所以，她終日講究吃和營養，連西瓜皮也不放過。

過了半年光景，她從竹山來看我，我決定盡量給她營養一番，但約定不許逼我吃果皮、果籽、雞屁股諸類東西。

「我這次來，請你幫我一個忙。」她開門見山地說。

「什麼忙？」

「徵婚。」

老天，我幾乎昏倒下去。雖然，我向來不過問女性的年齡，單憑同宗的關係，依我的「年齡」加以推計，她少說也有五十開外了吧！還徵什麼婚呢？

我一想，反正新聞記者興風作浪不花本錢，她要徵婚就徵婚吧！好啊！我替她寫了一篇很美麗的徵婚新聞，她只須給我一個資料——年齡。

為了徵婚的年齡問題，我套她最愛用的一個口頭禪：「腦細胞死了幾億萬個」。她初開盤是「三十五歲」，我覺得不免太離譜，請她少損一點新聞記者的德行，提議照她的實齡打個折扣計算「四十五歲」；她卻嫌過大，爭執了個把鐘頭，終於決定以「三十九歲」姑娘一枝花為號召，在《臺灣新聞報》❷社會版上發表徵婚新聞，由報社讀者服務部代收應徵函件。

為了這件事，我死後若被判打入十八層地牢，罪有應得，絕無怨言。這條新聞內容：又是北平女師大❸畢業，又是女文學士，又是女教育家，害得郵差先生在大熱天中，每日兩次揹著大

❷《臺灣新聞報》：創立於一九六一年，由當時臺灣省政府所屬中文報紙《臺灣新生報》的「南部版」獨立而成。（編按）

❸北平女師大：創立於一九〇八年，原名京師女子師範學堂，後校名、學制幾經變更，一九二八年改名北平女子師範大學，一九三一年與北平師範大學合併，即今日北京師範大學。（編按）

郵包到報社來，各地郵政局、照相館（須附照片）的生意突然興旺起來，無數中老年者為這個三十九歲大姑娘瘋瘋癲癲，報社各線電話都被來自「老不修」們佔用了。

在無數函件中，她挑選了兩個，一個是英俊的三十二歲大青年，她竟在這小子面前賣老起來了，收他做乾兒子，我沒有濕度計，無法測量其乾度如何；另一個倒是做丈夫的好對象，六十二歲，早年留學法國，現任某大學教授，兒女皆已婚嫁，不幸最近喪偶，須覓一老伴，共度晚年。我告訴老大姐，如果他肯要她，半夜三更裡，爬也得爬去找他。

她擁有這麼多應徵函件，於是端起臭架子來了。她竟向這位留法學人提出八大條件，擬成草案，遞給我看，內容荒謬之至。第一條，規定每夜八時半以前要上床睡覺；第二，每日，食品熱量不能低於二千六百卡路里等等，我實在看不下去，丟還給她。

在她和留法老人約過會的那天晚上，我在一頓營養豐富的晚餐上，輕輕問她：「成了？」

「我所提的八條件，他全接受了，不過，我想，我做得未免太乾脆，明天，我還要加提八個條件。」

「我看等你進了棺材再提吧！趕快結婚算了吧！」我的聲氣很壞。

那天夜裡，老大姐沒有回來，到深夜兩點鐘，我老婆把我叫醒：「到了這時候，大姐還沒回來，該怎麼辦？」

「那才好呢！」

「要是被人騙了不跟她結婚，那才划不來。」

「那也不錯，總比繳白卷好一點。」

她真的失蹤了，不過，只失蹤四天，我家門前突然出現了個女妖精：雙頰塗著像猴子屁股一樣的胭脂塊，嘴唇抹著兩道深紅，像是哪位新潮派畫家剛剛畫上的兩筆子，穿著一襲緊身大花洋裝——是她？不可能是——但確實是老大姐。她從少女起，一直痛恨胭脂、口紅、花衫……，她認為這些裝飾是勾引取悅男人的下流標誌，一個正派女人絕不應這樣做，女性必須保持素樸清雅，所以，我一直在笑她未嫁人而先做黑寡婦，穿著非黑即白，一直保持至此刻為止，她突然變了——變成一個女妖精。

我一看，心裡有數了，在這四天中，她發生過什麼事。

「你上哪兒去了？」

「日月潭。」

「好，好，恭喜你，什麼時候請我吃喜酒？可別忘了徵婚新聞的起草人。」

「還早，今天請你看看，我新提出的二十四條件。」

「日本軍閥侵華也不過是二十一條件。」

「好，聽你的，我立刻從寬刪改成二十一條。」

與日俱增的條件，終於把那位留法老頭兒嚇跑了。那天她換回素樸的舊衣，垂頭喪氣坐在客廳靠背椅上。

「小老弟！」她對我慣常這樣稱呼：「請你再替我擬一份徵婚新聞稿。」

「你瘋了，我可不瘋。」

「唉！男人真可恨！」

那天黃昏她匆匆整理行囊，準備回竹山寺去。臨別時，她翕動著那饑渴的嘴唇，頻頻地叮嚀著：「小老弟，西瓜皮所含維他命C最多，一定要常常吃。」

我望著她那逐漸遠去、模糊的背影，漸漸消失在蒼茫的暮色中。

性的兩棲

我流居臺北有年，未曾有過豔遇，卻有幸邂逅好幾位有同性愛癖好的奇女佳人。

我認識第一位同性愛者ＣＣ小姐，是經由臺北才女羅珞珈介紹的，使我對同性愛的觀念做大幅度的修改。

ＣＣ小姐（曾允許我用她真實姓名發表她的談話，但我這個大男人卻沒有勇氣這樣做），長得很秀麗，體態輕盈，風度嫻雅，一舉手一投足，都顯出她有十足女性的韻味——不幸得很（對男人來說，她很不幸有極頑固的同性愛癖好）。

我和ＣＣ小姐見面之前，早聽說過她在少年時期，就不喜歡接近異性，卻和姊妹群打得火熱，她經常有女性陪隨，她們眉目傳情之間，明眼人一看便知，尤其是攜帶女友回家，深閨緊閉，窗帷低垂，她的父母早覺得很不對勁，曾使用種種方法加以誘導，怎麼也提不起她對男朋友的興趣，無可奈何，只好把她送到國外，事先在海外設計了一個婚姻圈套，終於把她套了進去，果然不負父母的苦心，她先後生下兩個孩子，父母真是高興極了。其實呢，她結婚歸結婚，生育歸生育，她的「婚餘」興趣，仍然執迷於同性愛。下面是筆者和ＣＣ小姐的訪問談話——

「CC小姐，你在幾歲開始喜歡同性愛？」

「十七歲。」

替她盤算一下，也有十來年的性歷了。

「現在，你長大了，對同性愛的興趣有沒有減低一點？」

「跟以往一樣。」

「結了婚、生了孩子以後呢？」

「也一樣的。」

「一個女人生了孩子，算是很成熟了。」我笑著說：「應該要過著單純的異性愛的生活。」

「人為什麼一定要侷限於異性愛呢？」她笑得很微妙：「天生女人那麼柔美、嫵媚、可人，難道只有男士才能撫愛女人嗎？我想同性互愛才是人類最高的情操與美德。」

「既是如此，你為什麼要和男人結婚呢？」

「我如果不結婚，」CC小姐黯然地回答：「風風雨雨來個不停，人家不說我是人妖，便說我半陰陽，我只好用結婚和生育來證明，我不但是一個女人，也是一位堂堂正正的母親，堵住所有人的嘴巴。再說，我是個女人，需要一個歸宿——家。就在成家立業之餘，喜歡同性愛，我想不算是一種罪惡，至少比男人上酒家、娶小老婆等等要正當得多。」

「你的丈夫允許你這樣做嗎？」

「我們婚前有約在先。」
「做丈夫的不免要吃點醋吧？」
「他倒樂死了！我只跟同性泡在一起，這一點，他卻不然，所以他佔盡了便宜。」
「據你這麼說，你算是一位徹底的雙性愛者。」
「可以這麼說。」
「在感受上，兩種性愛有什麼差別？」
「那可差多了！」她向我投射一股鄙夷的眼神，顯然她在譏笑我問得太幼稚。「異性愛和同性愛是不能比的。世界上沒有一種性愛，能像女性相戀那麼溫柔體貼，而無所畏懼。事實上，天下男士大半只在糟蹋女性、辜負女性，只有女性才懂得怎樣體貼女性。」
「同性愛也能造成高潮嗎？」
「能，能，能。」她肯定地回答。「一樣有高潮的，在這方面，女性對女性更在行，也更有能耐。」
「以我是一個男性，總覺得同性相愛是一種不可思議的行為。」
「那只是你受了傳統觀念的約束。」CC小姐慢慢吐著她的煙霧，輕輕地說著：「生物法則為了促進生殖的理由，造化騙人，免不了要強調異性愛，但這種法則絕不是不可突破的，我們同性姊妹相愛，既不破壞家庭，又無損於貞操，也沒有懷孕的苦惱，更沒有私生子的問題，有什麼不可以呢？同性愛已不再是老處女的苦悶象徵，而是人類另一種性愛的表現，這種愛正由傳統的『陰濕地帶』移向現代的陽光底下。」

我的確很欣賞CC小姐，不是因為她那套同性愛的大道理，只是欣賞她那坦率、大方、磊落、明朗的風度。當她分析、比較有關異性與同性愛在感受上的差異時，她彷彿是在品評兩種茗茶佳釀的風味，說得那麼細膩、坦直而自然。（請讀者原諒我記述她的談話非常粗疏與保留。）

在認識CC小姐一年半之後，我有幸遇著另一位M小姐，她畢業於臺灣大學社會學系，曾和一位同期男同學結婚三年半，生下一個女兒，然後仳離，現在和一位家政科畢業的女子同居，她自己認為是一樁未經法定程序的同性結合。

經由朋友的介紹，M小姐知道我對同性愛懷有一種嚴肅的探索態度，她很禮貌地邀集了四位同癖的閨友，並以茶點接待我。

除了研究社會的M小姐外，其餘四位包括醫科B小姐、企管L小姐、統計D小姐，以及美工N小姐。

「我非常幸運，有機會和五位小姐見面，並且接受這樣親切的招待。我想請教第一個問題，你們做為一個同性愛者，過的生活都很幸福嗎？」

「當然，我們五位姊妹各有不同的境遇，大致來說，我們能愛我們所想愛的，都會感到某種程度的幸福。」M小姐說著：「就我個人來說，我特別感覺到，我們有幸生在中國，因為唯有中國人是對同性愛最寬容的民族。」

「你的話有根據嗎？」

「我們翻開歷史來看，西方國家歷代都深受同性愛的困擾，甚至，前幾年，英國內閣因同性愛風波而垮臺。我們中國人向來不把同性愛當做一回事，並非我國人不鬧同性愛，只因為我國人最重視男女間的貞操，於是，對同性愛網開一面。這一點，中國人很明智，同性愛既然不涉及貞操問題，就不必把它當做一回事，因此同性愛成為我國歷代宮廷性慾問題最有力的緩衝劑。在古代宮廷的高牆裡，幽禁著數以千計的宮妃，數十年未為帝王所幸者比比皆是，宮中如無同性愛，簡直要變成大瘋人院。宦官就是宮廷中另一種欽定同性愛的形式，因此，同性愛對中國歷代宮室的安定提供了很大的貢獻。至於古代民間節女烈婦的牌坊，我不敢說全部，至少很大部份是建立在同性愛的基石上。節女烈婦，共守空閨，因未涉及貞操，於是，同性愛則為殘酷禮教所默許，所以，我認為中國是對同性愛最寬容的國家，這道理十分明顯。」M小姐說到這裡，停頓了一下，接著問道：「林先生，您的家鄉是什麼地方？」

「福建省。」

「那可好。您可能知道福建省惠安縣某一部落，有一個很惡劣的風俗，照那地方的民俗，娶媳婦過門，滿月新娘歸寧，這一去決定她終身運命，她能懷孕，立可榮歸夫家，否則，她永遠被退貨，永遠回不得丈夫的身邊。您知道這回事嗎？」

「我聽說過，為了這緣故，那村落產生許多守活寡的婦人，常常發生集體自殺的悲劇。」

「對啦！我在學校裡研究閩南風俗，曾涉獵過一點這方面的資料，可惜，很零碎，不完整，您如果有這方面的文獻，請多加指教。據我所了解，那些守活寡的最可憐，寡婦還可以變節改嫁，守活寡的嫁不得，她們由於同病相憐而相聚，在部落裡形成了許多『寂寞的俱樂部』，她們完全仰賴同性愛而活下去，至於她們集體自殺的行為，更是一種同性愛的極端表現，同性愛曾經在我國社會上提供了如此淒壯的貢獻！」

「M小姐，我非常欣賞你的見地，你從歷史及民族的角度上說明了同性愛的社會功能；不過，皇室中的宮女和惠安縣的活寡婦都因為缺少男性，而產生了同性愛，可是你們五位小姐，應當有異性朋友，為什麼也搞同性愛呢？」

「同性愛是人類基本性愛的一種。」L小姐說：「缺乏異性並非同性愛的必要因素。」

「對的！」M小姐同意L小姐的看法。

「我再請教各位一點，在明日世界裡，同性愛可能是盛行起來還是衰微下去？」

「有一點，請林先生記住。」N小姐開了腔。「同性愛不是一種主義，絕不提倡，它只是人的一種本性，不喜歡同性愛的，怎麼勸誘，也不會喜歡；喜歡它的，怎麼勸阻，也沒有用。依我們的看法，在明日世界裡，同性愛會比較多，也比較公開，而且更自由。」

「什麼原因？」我望著一身牛仔裝的N小姐。

「請大姐說明。」N小姐指著M。

「理由很多，」M小姐又燃起一根香菸：「第一，時代潮流的趨向，男女間的差異越來越少，這種趨勢必然會助長同性愛的風行；第二，同性愛可以緩和世界人口的壓力；第三，同性愛可以調節男女人口結構上的不平衡現象；第四，——在我說明第四點以前，先請教林先生一個問題可以嗎？」

「歡迎！」

「現在全世界都在全力推行家庭計劃，用化學和物理方法來控制婦女的生育。按生物學的法則，凡生物的器官使用得越少，其功能將越退化，照目前的趨勢，人類從事長期的生育控制，久而久之，女性的生殖器官效用減少，是不是也會發生退化現象？生殖能力隨而降低？」

「這個問題很有意思。」我說：「可惜，你們問道於盲，這該請教在座醫學院出身的B小姐。」

「從理論上看，那是很可能的。」B小姐回答道：「不過，要等好幾世代以後，才能從統計數字上看出是否有退化的現象，如果真的退化，那倒是人類最大的福音。」

「我想請教一個問題。」我的靈感突至：「B小姐，我請教你，在目前，試管嬰兒的可能性如何？」

「關於試管嬰兒，在技術上已有突破性的進展。」B小姐說。

「試管嬰兒的技術一經解決，在明日世界裡，人體自然生育將成為高度奢侈的行為。」我說：「那時候，很少女人願意自己懷孕、自己生育，除非特別富有的人家，付出特高的代價，特約女人從事人體生育。」

「那時候，女人生小孩將成為轟動社會、感人至深的大新聞。」一直保持沉默的D小姐也開了腔。

「人類到了那麼一天，」我接著說：「女人的子宮將退化成第二盲腸，男女兩性的差異接近於零，我已明白M小姐的第四點的意思——在明日世界中，同性愛將大行其道，往深一層想，我認為將來的世界，既無顯著男女之別，就無所謂同性與異性愛了。哈！哈……。」

在一陣笑聲中，結束了這個有趣的談話會。

——刊於一九七七年十月號《明日世界》雜誌第三十四期

4

誇大型

誇大，是語言平野上的斜風細雨，
容易釀成風暴

興風作浪

一九五〇年我第一次新婚那年春天，妻患盲腸炎，在省立高雄醫院❶動手術，因為她有點貧血，外科醫師建議最好給她注射二五〇毫升的血漿，使她身體恢復健康得快。果然注射了血漿，情況十分良好。可是，她離院回家時，聽到一樁令她很不愉快的流言，外間盛傳她被我害死，她聽了好納悶！堅持要追究到底。我生平對任何流言全不理睬，何況這種不攻自破的閒言，更不放在心裡。後來，我想這未嘗不是探索人類心理的資料，於是耐心去追尋這謠言的過程和來源。從一個女人追蹤到另一個女人，一直追到第二十三個，才完全明白真相，沒有一個人應負造謠的責任。我將探查情形一一加以記錄，然後交給妻子，她看過後一笑了之。本案久存經年，頗具價值，錄誌如下——

一、簡太太說：夏太太，你上哪兒去呀？

二、夏太太說：唉呀！林太太病得好厲害，在省立醫院動手術，我得趕去看她。

三、簡太太打電話通知胡太太：林太太在醫院動手術。

四、胡太太驚問道：啊！嚴重不嚴重？

五、簡太太說：剛才看夏太太的神色，看情形相當嚴重，她沒說什麼病，匆匆地走了。

六、胡太太對翁小姐說：林太太在醫院裡動手術。

七、翁小姐問：什麼病呢？嚴重不嚴重？

八、胡太太說：哪有動手術不嚴重？一個人不到萬分危急不開刀，我還不曉得她害了什麼重症。

九、翁小姐轉報王太太：哎呀！不好了！林太太病得好危險，她是個好女人，願上帝庇佑她！

十、王太太說：怪不得，昨天我看見林先生慌慌張張跑進一家藥房買血漿，那病症一定是非常危險的，我趕快打電話通知趙太太。

十一、趙太太得到消息，立即通知吳小姐：我們又將失去一個好朋友，林太太快斷氣了，王太太看見她正在輸血呢！

十二、吳小姐遇見沈太太，順便通知：林太太在醫院動手術，非常危險。現在她的丈夫給她輸血，一個人到了輸血的地步，大概快要報銷了吧！林家正在準備她的後事。

---

❶ 省立高雄醫院：創立於一九一四年，初名打狗病院。一九四五年更名臺灣省立高雄醫院，由翁嘉器先生出任第一屆院長。一九七九年七月一日高雄市升格為直轄市，易名為「高雄市立民生醫院」。（編按）

十三、沈太太很得意地說：果然不出我的所料，我早曉得林先生總有一天要把太太弄死的。

十四、梁小姐：這話怎麼說？

十五、沈太太說：林先生一向迷信西醫，只要林太太害一點小毛病，就逼著她上醫院去。這次，林太太不過肚子有點痛，他硬要她去動手術，這簡直是活活把她弄死。

十六、梁小姐聽了，憤憤不平，急報楊太太：林太太被她的丈夫活活害死，現正在辦後事中。

十七、楊太太對江太太說：林太太被她的丈夫害死，正在辦理後事，我們對這件事應該有所表示。

十八、江太太搖著頭說：我不相信！林先生是個溫良的人，他怎麼會殺害她？

十九、楊太太說：嘿！你不知道！林先生這個人笑裡藏刀，殺人不見血的。

二十、江太太急報秦太太說：糟了！林太太被她的丈夫用毒藥殺害，今天出殯，我們到這時候才知道呢！

二十一、秦太太驚疑地說：哪裡的話？今天報紙上一件謀殺案都沒有。

二十二、江太太說：這一點，你真笨得出奇！林先生跟哪個報館不要好？他的壞事，斷不會見報的。

二十三、秦太太聽了，哭著說：哎呀！我的天！她是我的老同學，她被丈夫害死，我還不知道呢，我——我非替她申冤不可，我要趕到林家去，跟她的丈夫……。

秦太太三步兩腳奔進林宅，瞥見我的妻正在張掛窗簾。她驚喜地叫：「啊！你——你——啊呀！人家說你——恭喜！恭喜！萬福長壽！」

長舌婦

美國《真實故事》雜誌曾發表過一篇有趣的故事，不論這篇〈真實的故事〉真實性如何，這故事對謠言的發生來源與經過，有著深刻的描寫，譯述如下——

我坐在馬白籮的「麗美沙龍」美容院的雙摺鏡前，全身覺得熱辣辣的，我瞧不見別的，只頻頻望著鏡中我的臉影，卻能清楚聽到，不過三尺遠，有兩個婦人正在談論我的事，她們這樣說：

「你別多看吧！」那個穿著最時髦服裝的婦人大聲耳語著：「那個女人就是施維亞，我聽說她丈夫要遺棄她。」

我好像被擊傷似地立起，聽見另一個女人低聲回答：「我想，那太惡作劇，她是這麼漂亮的女人，唉！男人！他們究竟需要什麼呢？」

「嗯！俗語說得好：『見異思遷。』」那個聲音較大的婦人加添著說：「我跟他們並無私交，阿萊斯有個朋友，在他的辦公室工作，他告訴阿萊斯：高爾敦正熱戀著一個美貌的女祕書，她說——」以後，我聽不見了，她們撿起她們的東西，走出了沙龍。

我懷疑我神經錯亂，我的高爾敦是像她們所說的嗎？我該追上她們，打她們幾個嘴巴，敢散佈這種惡毒無稽的謠言，我應該控告她們誹謗，我應該……。可是，我只能憤怒地坐著發抖。待我的憤怒逐漸消退，心中又極難受，想著：如果高爾敦不再愛我，我怎能活下去呢？

「啊！別愚蠢。」我自責著，雙手緊握在屈膝上，「高爾敦仍愛我如故。我們最初的狂熱感情至今仍保持著，是呀！五年以來，我們不曾吵過嘴。可是，我們尚無子女，那是確實的，然而，醫師對這問題表示非常樂觀；高爾敦也一點不著急。雖然如此，我心中仍不免惴惴不安，我想：一個沒有孩子的妻子，總比較容易被男人所遺棄。」

這怪念頭真使我不寒而慄，我必須把這件事忘記乾淨，不要向高爾敦提一個字，最好不再想。此時，馬白羅走過來了，我於是問她：「那個聲音響亮的婦人究竟是誰呢？」

「噢！那是季丁太太。」馬白羅興奮地回答：「她丈夫是電力公司的一位得力人員；但是，我聽說——」她陰險地接著說：「聽說她是一個滑稽的女演員，有時她像個十足的酒徒。」

我平常本極欣賞馬白羅閒談關於她顧客的事情，天下哪有女人對風流韻事和祕聞不感興趣呢？然而，我丈夫高爾敦卻認為閒言是可怕的，因此，我常常譏笑他。

「親愛的，原來你是個如此誠實的童子軍啊！」我訕笑著：「你不知道閒言不過是一種遊戲罷了！」

「那是一種遊戲，但我不願我的妻子玩這種遊戲。」他倔強地說：「那真像孩子們玩的『報訊團』遊戲，最初由一個孩子對另一個孩子耳語一句話，再由第二個孩子傳報第三個，第三個傳報第四個……如此下去，到了最後一個大聲說出，原來的語句完全起了變化，博得大家一笑，但是，施維亞啊！」他懇求著說：「那對成年婦女並非好玩啊！那是非常危險的，會傷害人——嚴重的傷害！」

「高爾敦，你太幻想！每個婦女說閒話時，都懷著一種『不可盡信』的保留態度。」

我曾經這樣說過，如今，我竟自食其果。我並非相信有關高爾敦的流言，然而，誹謗人家夫妻的事，那實在是極端的醜惡、卑鄙，也實在是危險的，我該制止它發展下去。

這時，我回到家裡，心中激憤而堅決。我翻電話簿，先掛電話給季丁太太。

「我是高爾敦太太。」我簡短地表示著：「我要和阿萊斯太太通話，因為她曾告訴過你，關於我丈夫與我的荒謬謠言，請你把她的電話號碼告訴我。」

經過片刻可怕的死寂後，發出了一種令人憐憫的聲音：「啊！高爾敦太太，我希望——」

「季丁太太，我下午聽見你說的。」我冷冷地說：「現在，我要聽聽阿萊斯太太的話。」

她支吾了一會，才說出電話號碼。我撥通了電話，也使阿萊斯太太受到同樣的震驚，她咬緊牙根否認那位朋友在她丈夫的辦公室工作，那不過是她的一個朋友的朋友說的，那個人是誰？她說不上來。

「那麼，我打電話問問你的朋友好吧！請你告訴我她的名字！」

「啊！高爾敦太太！她會永遠不與我說話了，我應許過她——。」

「法律會保障無辜受誹謗的人，阿萊斯太太！」我警告著：「我要控告你！」

終於，我得到了一個名字，我完全不認識，叫做毛列斯太太。這位毛列斯太太也給我另一個線索。此時，我像樹葉一樣不斷地顫動著，我為那無盡的糾纏所困惑與沮喪，但，我仍繼續撥電話。

六點鐘的時候，高爾敦回家了，他發現屋子裡沒有炊飯的香味，只有一個狂亂的妻子像瘋子一樣地打著電話。

當我看到他，立即倒在他的臂膀上，失魂地啜泣著，把臉藏在他的外衣裡。

「高爾敦，那是真的嗎？真的嗎？」我泣著說：「今天，有幾個女人說，你為了一個漂亮的女人而將離開我？」

「你瘋了！」高爾敦的聲音是柔和的，他緊抱著我。

「他們為什麼這樣說？」我哭著問：「是誰製造這種謠言呢？」

「我想——我知道的。」他冷靜地說著，將我的頭捧起來。

「啊！高爾敦，是誰呀？告訴我吧！我要撕解她的肢體。今後，如果我再閒談人家婦女的事，我願患上不治的喉頭炎，啊！高爾敦，是誰呀？」

「是你，施維亞！」高爾敦的深黑眼光是那麼嚴肅。

我驚得下顎低垂，全身震顫，臉色蒼白。

「高爾敦，你怎麼能夠這樣說？我為何要散佈關於我們自己的謠言呢？」

「我親耳聽見的。」高爾敦笑著說：「那是前一個禮拜的事，你和馬白籮正商約在今天會面，而你和她竟扯談到人家的事上去，那時我正等著打電話。」

「我記得。」我點點頭說：「你是那樣急性子，你嚷著說：『如果你再終日閒談，我就離開，到市街的電話亭去打電話。』」

「對啦！」高爾敦說：「之後，你就對馬白籮說：『現在我要把電話掛起來，因為，我丈夫發脾氣，他說：假如我不停止閒談——』你記得，你還說了些什麼？施維亞！」

我哭叫一聲，又把頭埋在他的外衣裡，但他仍堅持著說：「施維亞，說下去吧！你對馬白籮還說些什麼呢？」

我羞答答地低語著：「我說：『假如我不停止閒談，我的丈夫說，他就要離開我。』」

數字的魔術

抗日戰爭時期，我的家鄉地處閩海的重鎮，海面上不時發現日艦蹤影，當局為保障後方的安全，嚴密監視海面敵情，派人在海邊監哨，當時缺乏電訊設備，每距三百碼設一哨站，從海邊最前哨至鎮公所共設六十八站，緊急時以「接力」方式口頭傳報海面敵情。這六十八站哨兵，並非訓練有素的通訊人員，而由當地的老粗漁民輪流擔任，頭一次，敵人六百名試探登陸，竟報為三萬名。雖經三申五令，據實傳報，情報仍然偏差極大。曾經檢查六十八位監哨人的情報，發現在緊急情況下傳遞訊息，極容易逐漸提昇情緒的溫度，以至於引起一場不可收拾的災害。那次，福建海防情報竟由「敵兵六百企圖登陸」，變成「三萬敵兵包抄本鎮」，各哨站的記錄歷程如下——

第一哨：敵兵約有六百人企圖登陸。

第三哨：敵兵將近千人企圖登陸。

第六哨：成千敵人開始登陸。

第七哨：一千敵兵開始登陸。
第十二哨：一千敵兵登陸。
第十三哨：敵人已經登陸，約有千把人。
第十九哨：前面情勢危急，敵兵已登陸一兩千人。
第二十一哨：兩三千人敵兵已經登陸，向本鎮進攻。
第二十二哨：前哨發現敵兵三、四千名，向本鎮迫進。
第三十七哨：敵人四、五千人向本鎮進攻。
第四十哨：敵人五千人向本鎮進攻。
第四十一哨：敵人五、六千人分頭進攻本鎮。
第四十八哨：敵人六、七千人向本鎮採取包圍形勢。
第五十一哨：敵人七、八千人向本鎮採取包圍形勢。
第五十四哨：成萬敵兵分四路進攻於本鎮。
第六十哨：一萬敵兵四路迫進。
第六十一哨：敵兵萬把人分四路而來。
第六十二哨：敵兵一兩萬人已經在六十一哨發現。
第六十四哨：兩、三萬敵兵包抄本鎮。

第六十八哨：三萬敵兵包抄本鎮。

當時福建沿海地區，依賴此種通訊方法通報敵情，逐哨誇張而錯誤疊出，敵人未至，我方內部已亂，甚至倉皇施行焦土政策，政府和民間皆蒙受重大損失，事後追究責任，各哨戰都頗為接近，而最後卻「失之千里」了。

誇大的確是很好玩有趣的，不過，稍不小心，在無意或有意中會造成一種損人的流言，正如一陣陣爽朗的微風釀成一股可怕的風暴，期間需要一段醞釀、渲染、傳佈的過程。「誇大」原是個別行為，轉化成可怕的謠言往往是社會群眾集體的傑作，甚至「被造謠」者本身也是其中一份子。如前一篇〈長舌婦〉故事的主角施維亞，她確實被謠言所傷害，但她本身卻是這「謠言」的創始者。她不自反省，卻埋怨他人。因此，當你發現社會上正流行著有關你的謠言時，你如果輕率斷言是誰存心誣害你，你本身立時成為「謠言」中再製造另一個「造謠者」的謠言。你首先要估量一下：在這個謠言的「聯營公司」中，你自己佔有多少股份？就高爾敦妻子施維亞來說，她正是使她極度傷心的「謠言公司」第一發起人兼股東。

誇大是造成謠言風波的主力，其過程不外下列幾種——

一、**言語的裝飾**：人人都喜愛裝飾自己，更喜歡裝飾自己的語言，不論是自己內心想說的或傳聞得來的話，無不刻意加工裝飾，然後傳遞給他人。一段話經過各層次的加工巧飾，結果造成一幅極驚人的「語言圖案」。他們（不，我們）在傳話時大半不存惡意，大都只求在語言上增加一點感人的力量，比如說：一個高雄市人對遠道來客介紹愛河，如果他平平實實地說，高雄愛河每年大約有數起殉情自殺的案件，說來顯得不夠羅曼蒂克，如果誇大地說愛河每天都有投水自殺的癡情人，就顯得夠情調了。這種語言的裝飾，有時很好玩，有時會引起風波，就很不好玩。

一般人都有這種傾向，可以說是人的本性，也可以說是人的通病，不過，社會上有少數人對於「誇大」具有天賦的奇才，如文學家、小說家、詩人、藝術家等，在職業上被賦予一種誇大的「特權」，不但被容忍，而且被欣賞。

二、**神經過敏型的**——用「見風便是雨」來形容這種人是最適切的，這種人天性熱情、易於衝動，說起話來山崩地裂。請見〈興風作浪〉故事中幾個典型的對白：「我看見林先生慌慌張張跑進一家藥房買血漿，那病症一定是非常危險的。」「一個人到了輸血的地步，大概快要報銷了吧！」這種人聯想力很強，卻全是不合邏輯的。

三、**斷章取義**——全憑著自己主觀的感覺，任意取捨傳聞的某部份，一件事實經過數度的剪裁取捨，到後頭「面目全非」了。〈長舌婦〉故事主角施維亞在電話中，對馬白籮傳述有關她丈夫高爾敦的意思——「如果她再閒談不休，他就要離開她」，卻省略掉末句「到市街的電話亭去打電話」。全然歪曲了原意，再經過太太們的耳語傳話，其後果當然不堪想像了。

四、數字的魔術——多數人都喜歡在數字上表現誇張，尤其是敵對兩方的軍事戰報，雙方往往誇張得太離譜。我國八年抗戰期間，如果將中日兩國報紙逐日報導軍民死傷人數統計總和起來，中日兩國全人口總和有多少億萬都不夠死；近年，中東兩伊戰爭之互誇戰果其情如出一轍。

我國人數字觀念和語言習慣，確使我們在數字的誇大運用上較為便利。例如「萬里長城」、「千里駒」、「千日紅」、「千家詩」等，千呀！萬呀！雖都極盡誇大，卻很自然優雅，此乃我中華文字在誇大上運用之妙，遠勝異邦之處。中國人使用百位以上數字而不吹牛的，只有《千字文》這本書，結結實實，不多不少一千字，且無一字重複，這個「千」字是我國使用千位數字最準確的一次；至於本書《狂人百相》的「百」，亦未足數，此乃未入流之作，原不足道也。

曾有一位慣竊仁兄在警察局刑警組很委屈地對筆者訴說：「幹咱們這一行實在很吃虧，往往是偷三千報八萬。」他抱怨失主們在報案時，大都誇張案情，虛報數字。其實，失主誇張其所失，其意不在期待有日破案，向小偷多撈回一筆錢；只在於求取朋友對他的遭竊多付一點同情，而在心理上獲得一些精神的補償而已！

中國人對數字的誇大還有一點方便，我們的語言對數字的彈性特別大，大約上了七千之數，可以說是「上萬的樣子」，一上了萬，就可順口說「萬把」，進而一、兩萬，再轉變成兩、三萬，三、四萬……一升到了六、七萬，就不妨再乾脆說「上十萬」了。這是我國數字的魔術，最怕口傳，「一傳十」就不得了，哪堪十傳百？

哪一種人最會誇大？——毫無疑問，是詩人。詩人誇張事實，不但不犯法，而且備受世人讚美欣賞。詩聖李白，可稱為誇大的最高能手，在唐代水上交通的條件下，他竟以噴射機時代手法作詩：「千里江陵一日還……輕舟已過萬重山。」以唐代人的速度感來說，他未免太過誇張，可是，此種透過藝術手法的誇張，卻能引人入勝、情趣無窮，而成為不朽的傑作。

最不應該誇張、而最易失於誇張的是新聞記者這一行業。前述四種誇張要素，是新聞記者最常有的通病，加以他們經常為爭取篇幅、討好上司，以及刺激讀者的胃口等諸因素，迫使他們每日粗製濫造誇張新聞；不僅在內容上，更在標題上誇張。如果你為誇張新聞所損害，你提出具體的事實資料，報社可能替你更正，以示其「公正」；不過，各報都有一種絕招，對於不實新聞無不盡情地誇大，對於更正資料一律採取「縮影法」刊出，前者老年讀者不戴眼鏡也看得到，後者的更正新聞要用顯微鏡才找得到。

人品市場與嬉皮

誇張手法用於商業宣傳上，叫做廣告或傳播事業，適當運用會令人迷惑、陶醉、懾服；用於邪道方面，則成為吹牛，甚至詐欺。

在二十世紀之初，「吹牛」大致只限於心智不健全和騙子的行徑，為一般人所不齒。通常，吹牛者是表面極度自傲而內在非常自卑的人。自從人類進入高度工業化時代，吹牛已成眾人的謀生之技。現今，每個人都變成一種「商品」，大家都身不由己地投入「人品」市場；適度吹牛，成為「推銷自己」所必須的生存與發展手段，也是現代生活的一種藝術，此絕非單指「商人」而言，我所謂「大家」包括公務員、律師、工程師、教師、學生、公共服務人員、小姐、太太以及任何人，都成為一種商品而投入人品市場，當然有少數人例外，那大致是其人品條件不配進入市場。

通常，現代人處理自己的人品，如同廠商處理他們的商品，方法完全一樣——

一、**人品的商標**——每個人的學歷和頭銜都是人品市場不可缺的商標，必須加以炫耀、誇張，以提高其人品在市場上的行情，於是印製一種夠氣派的名片做為「人品的吊牌」，以便在人品市場上廣為流行使用。

二、**人品的包裝**——除了「商標」之外，我們為推銷自己，還必須將人品做最佳包裝——服飾。正如一般商品，人品越低劣，越需要好的包裝，加以誇張虛飾。女人常笑男人愛吹牛皮，其實，女人胸前的偽裝奶罩是最突出、最誇大的一種「牛皮」，也是女人最普遍、最必要的包裝術。不論男女，在交換價值上，「人格」所佔的比重最輕，而偏重於個人的「商標」「包裝」（服飾）及推銷能力（自吹）；尤其是女性，她們的「精美包裝」在人品價值上佔了最大比重，所以，女人比男人更需要誇張的包裝。現代女性自承其肉體為一種商品，而絲毫不感赧然。在我寫本文之前數天，美聯社傳真播出一幀美國佛羅里達州金髮女郎瑪莉的半裸照片，除標明她的三圍數字外❶，並報導稱：「她說，在大學讀書時，才發現她的第一圍即是她最大的財富。」《中國時報》所做的標題是「最突出的財富」，大家讀了這篇報導，如同在該報經濟版上讀到「商品介紹」一樣的心情，大多數人類的心靈已如此被商品化而麻木了。

在現代人品市場所支配的價值觀念下，各人自我吹噓、提高其交換價值，已成為時代的風尚，這是一項無可奈何的事實。

因此，近代社會產生了「嬉皮」，他們憎恨人竟淪為商品，乃採取一種極端的反動行為，卸下身上所掛的「商標」和「吊牌」（資格和地位），脫掉身上華麗的「包裝」，改穿破舊的衣服，過著原始式的生活，逃避人品市場的支配，以致造成歷史上最大的狂人潮嬉皮。

誇張，是一種至高的藝術，也是一種至妙的法術，又是一種極惡劣的騙術。

本篇行文至此，重讀一遍，不覺臉紅，就連我寫「誇大狂」這一卷也未免寫得太誇大，該死，真該死！

❶ 參閱一九七四年十一月二十六日《中國時報》第四版，瑪莉的三圍尺碼是——三十七吋、二十五吋、三十六吋。

5

病狂型

對於養生保健，我們當做所能做，餘事可置之度外

紙蟲兒

一九六五年，臺灣全省報紙都發表一則新聞：本省南部出現一種新的寄生蟲——肛門蟲，可以從肛門口取出來，但經專家翻遍世界醫學文獻，未見有這種寄生蟲的記錄。

患者是南部一位頗有名氣的人士，因此，特別引起各界人士注意，終於驚動了省衛生處處長，特地接見這位患者，親眼看到了肛門蟲，就不得不加以重視，於是令飭省立高雄醫院負責研究「肛門蟲」的來源、繁殖和防治的方法。

翁嘉器院長奉到指令，即轉請該院羅福嶽醫師負責其事。

「根據我的檢查，」羅醫師對病人說：「你的肛門並沒有寄生蟲的跡象，不過，有點過敏而已，所以，你感覺很癢。請你老實告訴我，你帶來的蟲子，究竟從什麼地方弄來的？」

「從我的肛門取出來。」

「不可能吧？」

這位病人聽了很不服氣，他表示願意表演取拿「肛門蟲」給醫師們見識見識，醫院於是邀請了寄生蟲專家、內科、肛門科、皮膚科等醫師集體參觀表演。

他從小提箱中，取出一瓶殺蟲劑；並向醫院借了一條灌腸用橡皮管。

「先用殺蟲劑灌進肛門，蟲子受不了藥氣，就會爬出來，虧你們做了那麼多年的醫師，想想看，不用藥水灌進肛門，蟲子怎麼會爬出來呢？」

他的手法非常熟練，顯然他經常操作，先在地上鋪了一張報紙，不要護士幫助，自己一手能把管子插入肛門，而將殺蟲劑藥液灌進去，然後用一張粗紙（一種很粗糙的老式衛生紙），捲在右食指上，而蹲在地上等著。

「你等什麼？」一個護士問著。

他搖搖著手說：「等一等，藥氣還沒有起作用……，蟲子馬上出來了。」

大家靜靜地等著，好像在看魔術師變戲法似的。

「咦，來了！」病人將捲著粗紙的食指伸進肛門，擦了又擦，終於導出一條又一條的蟲子來，然後塗抹在那張平鋪的報紙上。

「好了！」他站立起來，把紙上幾十條蟲兒展示著。

羅醫師小心翼翼地把蟲子包起來，輕聲地對病人說：「你去洗個手，我在隔壁辦公室等你。」

病人一進辦公室，羅醫師隨即把門關上。

「我很仔細看你的表演。」

「你是專門研究寄生蟲的，你看，這叫做什麼蟲？哪一國才有？」

「我有了答案。」羅醫師回答道：「這種蟲兒，全世界都沒有，我國也只有你這位先生有，我想，我們應該講真心話，這根本不是蟲，是你用粗紙泡殺蟲劑製造出來的。」

「你亂說。」

「你不信，拿一張粗紙來，我做幾條蟲子給你看。」

他呆住。

「老實說，確有一種『蟲』在纏著你，可是那蟲不在你的肛門，而在你的心裡頭。我們願意幫助你驅除你心裡的蟲，請你和我們合作，先生，幾個月以來，你用粗紙製造蟲子，哄騙了全省醫師、新聞記者、衛生處長，其實呢，真正受騙的不是他們，而是你自己。我很明白你的痛苦，你在事業上失意，被迫提早退休，你的兒女各奔前程，不能陪伴你共度寂寞的晚年。因此，你感到寂寞、孤獨、苦悶，你的情緒無處可以發洩，只好在自己身上找麻煩，千方百計，費盡心機尋找疾病，尋找不到，於是無中生有，用粗紙製造蟲子來欺騙自己別人，而引起社會、政府以及你兒女的關切和重視。先生，我非常同情你，也願意幫助你，希望你改變你的晚年生活，用你的智慧和精力做一點有益社會人群的工作。」

「哦！……我很希望有一份工作，社會上有我可以做的事嗎？」

「有的是。」羅醫師回答。

在高雄基督教會協助下，他終於獲得一份義工的工作，從此，他的肛門不再癢了。

放火燒衣

某縣政府祕書陳賢智的太太害了一種怪病，她躺在床上七八個月，一直起不來，一仰身，就覺得頭昏心跳，因此，大小便都在床上處理，地方上稍有名氣的醫師都看過，查不出什麼毛病，真使陳祕書傷透腦筋。

那天，陳祕書在報紙上看到一則短訊：一位精神科專家吳博士應邀在縣立醫院做專題演講，講題是「婦女的神經性疾病」，報紙摘引他演講所舉的病例，陳祕書感覺有些部份很近似他老婆的疾病，於是，拜託縣立醫院院長代請吳博士到陳家出診一次。

吳醫師在陳家聽取病況簡報後，察閱各個醫院所照X光影片、心電圖、血液、大小便等項檢驗報告，終於說出一句陳祕書不知聽過多少次的話：「她很好嘛！」

「那麼——她是無病裝病，故意為難我？」

「讓我看一看。」

吳醫師隨著陳祕書進入臥房，房中發出一股強烈的霉味。陳太太的氣色很好，說話略帶微喘。經一番診察，她很正常，只是非常神經質。

「陳太太，我看你很好，沒有什麼病，你躺在床上太久，沒病也要生起病來，你應該起床走動走動。」

「哎呀！醫師，你是來救我的命，還是來催我的命？我一坐起來，就覺天旋地轉，連心臟都要跳出來似的，誰願意老躺在床上？」

「躺了太久，剛坐起來，不免頭昏，坐了一會，就會漸漸覺得舒適，來，我扶你起來，試試看——。」

「不行，不行！」她用力揮著手，把身轉向床後。

吳醫師走出了臥房。

「八個月以來，她一直是這樣子。」陳祕書說：「吳醫師，你看她——。」

「沒有病。」

「難道說她是故意裝病來整我？」

「不，她不是故意裝病，她的生理很正常，心理上出了毛病。八個月前，她感覺頭痛、心跳、作嘔等症都是一時現象；這病早已好了，不過她發生一種錯覺，以為起床會引致頭痛、心跳，她便自作診斷是心臟病；其實她的心臟很正常，測量她的血壓，有時突然高起來，那是她的心理緊張造成一時的血壓變化。陳祕書！請你不要再給她什麼藥，多安慰她，鼓勵她起床，到處走走，病就好了。」

「唉！我哪一天不勸她坐起來，可是，她連頭都不敢抬一下，幾天不請大夫給她看，她便罵我、咒我，說我盼望她早死，我有什麼辦法呢？」

「現在，你再試試看，也許我能夠幫助你，你先進去試一試看。」

陳祕書走近她的床沿，伸出雙手，隨即又縮了回去，回頭望一下，吳醫師站在門口，將他的菸斗向上一翹，示意把她抱起來。

陳祕書躊躇一下，低聲下氣地對她說：「吳博士說你沒有什麼病，可以起床走動走動。」

「啊，不！」她憤怒地瞪著怒眼說：「你不能聽那狗博士放屁，我病得這麼厲害，怎麼能起床呢？」

「你試試看！」

「哎呀！狗都不吃你的黑心肝！」她咒罵著：「叫病人給你試一試，你說什麼話呀？我知道的，你對我的病不耐煩了，希望我快一點斷氣。」

「不要這樣說，我一直都很關心你，來！你起來坐坐，會舒服一點，來吧！……。」

「你，你沒良心。」她舉起手打他一下，「你敢來——。」

「你這麼大把年紀，還像個小孩，起來吧！起來吧！」

陳祕書才扶起她的上半身，她就怪聲怪氣地嚷著：「哎呀！我的心，喲……心……快要停了……饒了我吧！……。」她掙扎著，拚命地往下倒，他緊緊抱住她的頭，不肯放手；不料她轉過頭來，狠狠地咬他一口，他只好作罷，摸著他紫紅色的創口，退了出來，苦笑著說：「真是沒有辦法！」

「唉！她實在很頑固。」吳醫師嘆了一口氣。

「如果讓她一直躺下去，要躺到什麼時候才能起床？」

「要躺到她死為止，我曾經見過一個女人躺在床上十二年，一點病也沒有，一直到死。」

「什麼呀！十二年？我的天，她要是再躺一個月，我就要比她先死掉，吳醫師，求您替我想個法子！」

吳醫師猛抽了一口菸，慢吞吞地說：「如果你肯照我的話去做，她也許有好起來的機會。」

「只要她會好起來，你要我拉老虎的尾巴，我也願意做。」

「好，我問你，就你府上所有的東西，尊夫人最心愛的是什麼？」

陳祕書思索了一下，說：「您別見笑，我當小公務員，兩袖清風，家裡沒有什麼寶物珍品，若就現有物品來說，內人最心愛的不過是結婚時做的那幾套衣服，如今都過時了。」

「好吧，衣服也好吧！請你都拿出來，掛在她的對面牆壁上，她如果問你，你便說衣服發了霉，要拿出來透透氣。」

「把衣服掛在牆上，跟她的病有什麼相干？」

「別多問，請你照我的話做，你去把衣服掛起來！」

陳祕書心裡著實有點懊惱，請來了一位魔術師，哪像個醫師？既然請來了，也只好試試看。

他走進房裡，開箱取衣，吳醫師在客廳裡喝茶，欣賞壁上幾幅字畫。過了一刻工夫，陳祕書惘然走出來。

「掛好了？」

陳祕書迷惑地點著頭。

吳醫師走到臥房門口，朝裡一瞧，望見床的對面灰牆上掛著五件旗袍，大約還有八成新，每件相距一呎，他滿意地點點頭，從袋裡掏出一個打火機交給他：「請你打起火來，先把第一件衣服燒起來，如果她的病不好，再燒第二、第三件……一直燒到她的病好了為止。」

這一下，使陳祕書吃驚不小，反疑醫師發了神經，但是，瞧他那神態倒是滿正經的，只好按下打火機，「醫師，別開我玩笑，這豈不置她於死命？」

「這一點小事，你都辦不到，還敢誇口去拉老虎的尾巴？」

陳祕書鼓起勇氣，奔進寢室，打起火來，挑較舊的一件綢衣先燒，房裡閃起火光，陳太太立時驚叫起來。

「哎呀！你瘋了，你，你瘋了……哎呀……」她急得雙手揮舞，大聲咒罵，陳祕書嚇呆了。

「好棒！再燒一件！」吳醫師站在房門口，作手勢，加油鼓勵：「再燒一件！」陳祕書拿著打火機一直發抖著。這時，第一件衣服已燒盡，第二件衣服還未起火，可把吳醫師急壞了，他便衝了進去，搶著打火機，替他把第二件衣服再燒起來。

「啊呀！天啊！」陳太太的雙腳在床上亂踢著，「天啊！救救我吧！天殺的放火強盜……」枕頭被拋出窗口，棉被飛下床來，玻璃杯躍到椅子上，破碎了。當她看見打火機又伸向第三件衣服時，她再也忍不住，從床上跳起來，瘋狂地撲過去，一拳把打火機擊落在地上，抱著燒焦的衣服哭著，陳祕書趕緊扶住；她卻踏起健步，指手大罵道：

「你這沒良心的呀！滾開去！我不要你扶我，我自己走，跟我到法院去，這位狗博士不要逃，跟我一起上法庭去，你串通我的男人，放火燒家，不要逃走！」

「陳太太，真對不起，我不會逃走的，我跟著你到法院去！」吳醫師謙和地說。

「太太！」陳祕書陪著她走到門口：「我陪你上街去買幾件新衣料，你的病好了，你看！你走得多麼穩健，你有這麼好看的身材，哪怕沒有衣服穿？」

「啊！奇怪囉！」她才如夢初醒：「我會走路呀！哈，哈，哈，我的病好了呀！啊呀！你看！多麼燦爛的陽光！多麼遼闊的天空！我好久，好久沒見到，哈，哈……。」

「我可以告辭了嗎？」吳博士得意而輕鬆地說。

「啊！這位——什麼博士，」她說：「謝謝您！你請坐一會兒！」

「不坐了，坐得太久了。陳祕書，別忘記，多買幾件新衣料賠償尊夫人。」

吳博士提著皮包走了。

無痕創口

一九五二年一個夏天的傍晚，遠東醫院門口停下一部三輪車，車夫扶著一個青年，蹣跚地走到掛號室窗口，辦妥急診手續，護士見他病況嚴重，立即扶他進入急診室。

「醫師！我要快死了，救救我，我的肚子裡長了一個毒瘤，痛極了！」病人說。

李醫師請他臥在診床上，摸摸他的肚子，問他什麼時候開始痛？

「前半小時。」

醫師摸著他的腹部：「這裡痛不痛？」

「痛啊！」

「這裡呢？」

「不痛。」

「這裡？」

「一點痛。」

「這邊呢？」

「啊！這邊最痛。」
醫師摸了好一會，摸不出什麼來。「拉肚子沒有？」
「沒有。」
醫師放一支體溫計在他的腋下說：「你的肚子裡沒有什麼。」
「醫師，不要耽誤時間。」病人激動地說：「我的朋友死了，今早我去送殯回家，就感覺肚子一陣陣的痛，非常難過，後來，我發覺肚子裡長了一個大瘤，請您趕快替我開刀！」
「你不要緊張，冷靜一點，我正在替你檢查。」
住院三天，做過精密的檢查，診斷一切正常，通知他辦理出院手續，他竟賴著不走，聲言如發生意外，醫院對他應負全部責任。
於是，精神科陳醫師被召請到病房來，細聽他的怨訴：
「我病得這麼嚴重，入院兩天半，醫院連藥都不給我吃，簡直把病人的生命當兒戲。」
「噢！原來如此！」陳醫師說：「本院病人很多，不免有服務不周的地方，請多多原諒！我聽說你生了腹瘤，請把經過情形詳細告訴我。」
「在前天下午五點鐘，忽然覺得腹部猛痛，我想腹部生瘤，要趁早割掉，想不到貴院醫師竟不當作一回事……」
「我請問你，你感覺肚子痛，你又怎麼知道是生瘤呢？」

他思索片刻，反問：「如果不是生腹瘤，那是害什麼病？」

「現在，我還不曉得你得了什麼病，請你告訴我，你在腹痛開始以前，你吃過什麼東西沒有？」

「前天，我幾乎一整天不吃東西，因為，我的朋友死去，我忙著替他辦喪事，心情很不好。沒想到，剛辦好喪事回家，肚子就開始痛起來。」

「你的朋友怎麼死的？」醫師問。

「肚子生瘤。」

「他在哪個醫院醫治？」

「他沒治就死了，他太糊塗，早不醫治，等到末期，才請醫師看，已經沒有法子了。」

「是癌症？」

「大概是的。」

「因為你的朋友病死了，所以你想前車可鑒，要早一點治療比較好，對嗎？」醫師試探著說。

「對啦！前車可鑒，我的腹瘤非趁早割掉不可。」

「腹瘤不會傳染，你的朋友長瘤，你怎麼也長瘤？」

「唉！真是不幸！我不曉得什麼道理，說起來真奇妙，他是我的好友，我們什麼都很相同，真想不到連病、連死也相同。」

「還有什麼相同？」醫師問。

「同年齡，他也是四十二歲。」

「還有別的相同嗎？」

「他也愛打橋牌。」

「還有嗎？」

病人尋思片刻，回答說：「他愛玩攝影，我也愛。」

「錯了！」醫師說：「我的弟弟今年也是四十二歲，和你同庚，而且他也愛打橋牌、攝影，為什麼他不生腹瘤呢？」

「可是，我和我的朋友之間，還有其他的因素為令弟所沒有的。」

「那是什麼呢？」

「我倆愛吃蛇肉，這種嗜好也相同。對啦！我的朋友生腹瘤的原因是吃了蛇肉。」

「我不相信吃蛇肉會生腹瘤。」醫師搖著頭。

「我說的話，當然有所根據，」病人說：「不久以前，我和那位朋友在萬華吃蛇肉，許多朋友勸我們不要吃這種動物，我們不聽，結果呢，那位朋友果然就長了腹瘤……他剛剛埋葬，我的病也發作了，哎呀！醫師！請你趕快救我！」

陳醫師對他仔細解說，吃蛇肉和生腹瘤並沒有連帶因果的關係；他的朋友生瘤，也不會傳染給他，也沒有連帶的關係，勸他不要胡思亂想，痛苦自然消失。這些話，他一點也聽不進去，他固執地認為死期已不遠，醫院如果不設法救治，對他應負全部責任。

陳醫師沉思片刻，無可奈何地拿起聽診器：「好，我再仔細替你檢查一下。」

這動作使病人感到很安慰，他自動解開上衣和腰帶，讓陳醫師診察腹部。只聽陳醫師「噢！」的一聽，接著說：

「果然你的腹內有毛病。」

「醫師，怎麼辦呢？」病人緊張地問。

「馬上開刀。」

「好，越快越好。」

陳醫師通知護士做手術準備，護士帶病人進入手術室後，他的兩眼立即被蒙起來，平臥在手術檯上。醫師看見病人雙手發抖，便說：

「不要害怕，我用局部麻醉。」

「不，我不怕。」病人的聲音是抖顫的。

全室一片寂靜，只聽叮叮噹噹的刀剪聲。

「痛嗎？」

「一點點痛。」

「手術很快就好了。」

過了片刻，病人覺得醫師用棉花、紗布包紮創口，護士掀開蒙布，然後將他抬進病房裡去。陳醫師每日都按時往病房看他兩次，常常遇見他向探病朋友得意洋洋地訴說動手術的緊張和腹瘤被挖出來的感覺。

第三天，陳醫師又來了，問他：「怎麼樣？」

「好得很！這次要不是陳醫師的高明診斷和手術，再耽誤下去，我必死無疑，你對我實在有再造之恩。」

「好，你今天辦理出院手續。」醫師拿起一支鉗子，將掩蓋在創口上的紗布拿掉。「你看！我開刀的技術怎樣？」

病人仰身垂頭朝肚子一瞧，奇怪囉！肚皮上，好好兒的，連一點疤痕也沒有。

這時，陳醫師才老實地告訴他：在他心理上有一種臆想的「毒瘤」，於是替他做了這種臆想的外科手術，卻獲得超乎臆想的成功效果。

恐癌症

王如南這個朋友很可愛，也可惱。他為人很謙虛，但他進出門戶，常立在門邊，等你替他開門，才肯跟進。你給他七塊六毛錢也好，三千五萬也好，都要你點給他看，放在他預備好的信封裡，他自己碰也不敢碰。你在路上遇見他，他必高舉雙手，向你做深度鞠躬；你伸出手來，他就不斷打轉迴避。

「你為什麼要這樣？」如果你問他。

他會滔滔不絕說出一大堆數字：公共場所門把上的細菌要比普通金屬多一百倍，計程車門把的細菌要多出七十倍，辦公室門把細菌多出五十倍，家庭門把細菌多出十二倍。鈔票呢？他說：鈔票上的細菌不但數量極多，種類繁多而且可怕。

如果他獨自進出門戶，叫誰替他開門呢？他拿出隨身帶的衛生紙，捲在把手上，然後把門打開；萬一不小心或不得已，他的手接觸到門把，他得將手泡在藥水裡，洗了再洗。

誰都不知道他怎樣養成這種潔癖。在他小時候，他母親為他預備的飯碗、筷子，他必重新洗過；自他從小學課本上知道了有肉眼所看不到的細菌以後，他的潔癖一天比一天更加嚴重起來。

他從戀愛到結婚這階段可曾接吻過？我無從知道，他卻生了一個白胖的孩子，從出生起，這孩子所有食具都經過極嚴格的消毒，不許他吸吮指頭，摸觸地上的東西。王太太餵孩子飲食，必須完全按照書本所規定的營養、時間、份量和溫度；稍有差誤，必遭嚴責。因此，他曾誇口他的孩子他日參加健康比賽將穩得冠軍。

他的孩子剛出生的時候，確是個白白胖胖的寶貝兒，可是，越養越像一隻瘦貓。出世不久，什麼預防針都照單打過，致命的傳染病是免了，但，其他疾病卻經常患上，孩子簡直毫無抵抗力，稍一著涼就傷風感冒，拉肚子；甚至引發肺炎，經常要光顧小兒科醫院。

他的孩子總算漸漸長大了，瘦巴巴的，越來越神經質，也越孤癖；在他心目中，別的孩子都是髒豬。

我記得，有一次，我在他家裡不小心吻了他的孩子一下，害得他趕緊把孩子泡在浴缸裡洗了又洗。從此以後，我跟他多以電話交談。提起電話，我又想起，他的電話也很倒楣，他每天都要用酒精細擦好幾回。

有一天，他打電話給我，語氣顯得異常緊張：「你有空嗎？我要馬上來看你。」

「我有空。」我故意逗他玩：「不過，今天我有點傷風，滿身細菌，你不怕，就請來。」

「不怕，你傷風，我也來。」

料定天大的事情發生了，我這樣想著。

「究竟什麼事情?先在電話裡談談吧!」

「很嚴重。」

「什麼事呀?」

「唉,我完了。」很洩氣的聲音:「我患了咽喉癌。」

「噢?哪家醫院替你診斷的?」

「我還沒有上醫院去,正要請你替我介紹。」

「見你的鬼,醫師還沒有看,你怎麼知道是咽喉癌?」

「我自己感覺得出來,喉嚨裡一直感覺很不舒服。」

「有多久了?」

「一年多了吧!」

「死不了啦!如果是咽喉癌,你早就進了墳墓,已經一年多,你還會在電話中吹牛?」

「真的嗎?」

「是咽喉癌拖不了那麼久。不過你覺得不舒服,可能有別的什麼病,還是到醫院檢查一下。」

通了這次電話,就沒事了。大約過了個把月,在一個星期天下午,他到我家來,說我料事如神,他的咽喉經醫院檢查,只是有點慢性發炎罷了。

「王兄,今天是什麼風把你吹來?」

他從小提箱裡取出一冊厚厚的剪報簿，小心翼翼地一頁一頁翻給我看，那是一冊癌症資料剪貼簿，收集之豐富，足夠出版一冊很可觀的單行本。

「王兄，我對這種資料毫無興趣，平時我在報紙上看多了。」

「哎呀！癌症是人類第一大敵，對它不能漠不關心，今天，我特意來請教你幾個問題。」

「我不是醫師，向我請教有什麼用？」

「你的常識豐富，彼此不妨討論討論。」他把剪報翻到第一頁，那是一篇〈吸菸與肺癌〉邊欄文章。「你看，專家一致認為香菸是造成肺癌最主要的因素。」

「你向來不抽香菸，就不用愁。」

「但是，你看第二頁到七頁，各種資料證明吃米容易得胃癌，我最近就改吃麵包。」

「好呀！那麼胃癌就沒有你的份了！」

「請你再看第八頁到十一頁，專家認為蔬菜上殘餘的農藥，是造成肝癌最大的因素。這一點，我不怕，我教內人把菜多洗幾次；至於洗菜的方法，第十一頁上寫得很詳細。現在我們再看下面第五十六頁，根據最新的論文說，羊肉、牛肉吃太多，也容易得癌症，這可麻煩了！」

「上了年紀的人，為防止發胖，預防高血壓，本來就要少吃肉類，現在為了防癌，少吃肉類，豈不是一舉三得嗎？」

「唉！這世界變得沒有什麼東西可吃了。」他很傷感地說：「還有一個更嚴重的問題……。」

「什麼？」

「你看，第卅六頁。」

「我不看，你說好了。」

「據專家統計報告表示，處女很少患子宮癌，由此可見子宮癌和男女房事、生育都有關係了，是嗎？」

「也許是。」

「那問題可大了！我怎麼可以為了愛我妻子，而在她身上製造癌症因子？我又怎麼忍心呢？」

「你怕癌怕到如此地步，你就該規矩一點，夫妻分房而睡，不就得了？」我好喜歡戲弄他。

「那怎麼辦呢……」他的眼神顯出了世界末日。「噢！我又想起了一個更嚴重的問題。專家說：空氣污染，汽車廢氣都是造成肺癌的因素，請教你：我們應該怎樣避開污染的空氣？」

「有兩個辦法：其一、你搬到玉山上去住，那是東南亞第一高峰，至目前為止，那裡空氣還很不錯；第二、你做個很大的真空管，躲在裡面，包你不會得肺癌，而且百病消除。」

「林兄，你又在說笑話！」

「我老實告訴你，癌症還沒有找上你，你已先得了精神病。」

「我們不過是討論討論而已！」

「王兄，今天你帶來很多資料給我看，禮尚往來，讓我也給你一份資料看看。」我就從書架上取下一本家庭醫學雜誌，找出一篇專論，題目叫做〈恐癌症〉，是最時髦的一種新病，「你老兄一向走在時代的最前面，所以，也趕上了最時髦的『恐癌症』（Carcinophobia）。你趕快準備鋪蓋，我送你到精神病院。你說，你去不去？」

「據你這麼說，我應該把這些資料都燒掉。」

「那倒不必。」我輕輕淡淡地說：「我們是讀書人，喜歡留存資料，不可盡信資料，資料並不代表知識，應當知所取割。防癌保健的目的，在於追求美好健康的人生，如果失去了人生而追求防癌，那是捨本而逐末。我們對於防癌保健，應當去做我們所能做，堅守現代人可行的生活原則，每年做一次定期檢查，餘事則可置之於度外，千萬不可一天到晚窮緊張，神經兮兮的，弄得生不如死，你想想看，人是吃五穀的動物，已經吃了多少萬年，而且人本來就會死，如果說吃五穀吃到死，那也是天經地義的事，你趕快回家去，只要每年帶太太做一次體檢，然後安心每天陪太太吃飯睡覺，那才是人生。」

我目送他步入公車，看著公車搖晃搖晃地駛去。

一份空白的病歷表

我們是一個吃藥狂的民族，包括「進補」在內。

尤其在近代，我們共同生活在一個經過精密設計的「疾病羅網」中，這種可怕的羅網為中西藥商共同佈設，其中以日本藥商所費心機最多，很少中國人能逃過這醫藥的「天羅地網」。

中西藥商們在這羅網中經常製造高濃度、多類型的疾病氣氛，一個完全健康的人，在這種「氣氛」中長期生活，精神上很難不被感染一種或數種「疾病感」，尤其在電視上出現後，這種氣氛更加惡化。

日本藥商在其他國家也佈設類似羅網，但收穫量遠不如在臺灣豐碩。我國人喜愛服藥進補是有歷史性的——由於我國人口過多，國民營養不足，自古採用季節性的「進補」，雖然，近代國人的營養大見改良，但傳統進補觀念依然牢不可破，因此，藥商利用這個老觀念大賣奇丹靈藥。

疲勞本是生理的自然現象，休息即可。在我國，疲勞竟成為疾病，服藥還可以防治疲勞。

開車勞頓，視力會一時模糊，也是生理自然現象，我們竟被宣傳滴用一種眼藥，強行放大瞳孔而恢復視力。

洩精，是青春的一種生理必然現象，竟用「腎虧」這可怕的名稱，來嚇唬年輕人，使他們心理上造成腎虧的恐怖幻覺。

我們長期生活在這個龐大而緊密的疾病羅網中，經常感受人造的疾病氣氛，很少國民能具有如此持續的抵抗力，而不被這疾病氣氛所俘虜，成為一個長期服藥進補的神經性「病人」。

在臺灣，每位醫生都承認，每日在醫院掛號記錄名單中，「無中生有」的病人佔極大比例，這種病歷表上的病名大都冠以「神經性」，我曾經託七位醫師對「無病病人」做詳細的筆錄或錄音，我從中取出一份最典型的病歷表，除了姓名、地址外，病歷表皆一片空白，徐富興博士❶特地做了極詳細的記錄給我，全文如下——

病婦：很奇怪，有一種病叫做「癌」的，說不定，我可能是癌，所以來這裡檢查一下。最近科學發達，「藥仔」足好用，可是越發達就越多病，真的無奇不有，人家講，這間醫院好，所以……。

大夫：你看什麼病？

病婦：我不知，人家講我有病。

大夫：你有什麼病，什麼地方不舒服？

病婦：人家講你的技術好，所以……。

大夫：你究竟是什麼病？

病婦把頭抬起來，準備講些什麼似的，大夫便拿起鋼筆準備寫病歷，傾耳恭聽。

病婦：遍市走透透，有醫生尋到無醫生，有錢用到無錢，還醫不好！

文不對題，大夫有氣不敢發，問道：什麼病還沒醫好？告訴我，我給你醫治。

病婦：我是艱苦人，去年死了丈夫。

大夫：還有呢？

病婦：我是牽兒人，人家看不起，有錢用到無錢，剛成人的兒子又到金門當兵。

牛頭不對馬嘴，大夫已感頭昏，說道：這裡是醫院，你要說你的病歷。

病婦反覆地說：兒子去金門當兵，有錢用到無錢！

大夫：這裡又不是兵役科，與金門當兵無關，又不是市政府，沒有向你拿稅金，你來這裡講錢、講當兵是沒有用的，你既來看病，請說病情，我幫助你，你患的什麼病？告訴我吧！

病婦愁眉稍展：人家說你的技術好，特來讓你猜猜。

---

❶ 徐富興：屏東人，一九六〇年獲日本名古屋帝國大學醫學博士，前高雄徐外科醫院院長、美和護專校長，後轉業日本大阪市。

徐富興的堂兄徐傍興，同為名醫，被譽為「臺灣第一刀」，更跨足體壇、杏壇與政壇；創立美和中學、美和護專（今美和科技大學），並在美和中學先後組創青少棒、青棒隊，帶領贏得多次世界冠軍，培育了包括曾紀恩、趙士強、張泰山、彭政閔在內等多位優秀棒球人才。（編按）

大夫：我又不是神仙，怎會猜病？你有不舒服的地方就說吧！說了半天，沒說出病來，人家在等候看病。再問：你現在幾歲，你是不是要看病？哪裡不舒服？

病婦：頭暈眼花，心臟無力。

大夫：還有呢？

病婦：四肢無力，腳尾手尾冷冰冰，兩眼烏暗，飯不想食，暗時愛做夢。

大夫：還有呢？

病婦：空嘔、不夠血，請你給我摸脈看看有夠血沒有？

大概的情形大夫也知道了，他就慢慢地按一下脈，面對患者說：舌子伸出來！

病婦：口內黏濕濕。

大夫已不再理會她在說什麼，照樣做了打診聽診後，叫病人臥在診療床上，檢查腹部觸診時，大夫是很慎重的，把全身的感覺都集中在指頭上，檢查了一下，問道：這裡痛不痛？

病婦：痛痛痛，肚皮硬殼殼，腹肚內熱烘烘。

在旁聽的護士忍不住噴出口水來，大夫也不耐其煩似地看了半天，還不得要領，想鳴金收軍，可是……。

病婦：人說盲腸在右邊，我的盲腸卻在左邊，很痛，又硬殼殼，……。

大夫發呆。

病婦：先生呀！我是牽兒人，有錢用到無錢，有醫生尋到無醫生，到這裡來算是極步，請你給我照電光（X光）看看什麼病？

大夫：有病才照X光線，不能隨隨便便照。

病婦：從頭頂照到腳尾，看什麼地方不舒服？

大夫氣得說不出話來。

病婦：你替我照電光，你才算技術好。

大夫：照電光很簡單，要緊的是要照什麼部位。

病婦：怪不得人家說你技術好。

大夫至此「投降」了！

就病歷表來說，等於完全空白，但留下這份很有價值的錄音記錄，我們藉此可看出：在「疾病羅網」中，所製造的「病人」是什麼樣臉相？

6

異行型

上帝在人間舞臺上，塑製必要的丑角

丁字號吝嗇家

在這小鎮上，誰都知道丁百萬這個人，他被號稱「天下第一吝嗇」。我家就住在丁家那棟古老屋院斜對面，因此沾了光，朋友問起我的住處，或叫車到我家來，只須說「丁百萬對面」就行了。

在我童年時，從大人日常談笑中，常常聽到許許多多有關丁家吝嗇的奇譚趣聞。他的「丁」姓只有兩劃，很省墨，成為嘲笑的資料，我非常喜歡聽，也樂於傳述，因此，我從小對丁家懷著一種偏見，彷彿對面門牆內住著一隻怪異的動物，我和鄰居孩子們時常加以戲弄，直到在最後一次惡作劇中，我才真正認識丁百萬，而改變了我對他的看法。

那年我正在小學五年級讀書。有一天，我接到學校的通知，派我在星期六上午協助鎮公所推行全鎮清潔總檢查，檢查等級分為「最清潔」、「清潔」、「不清潔」、「最不清潔」等四種，按級在各戶門前張貼「白」、「黃」、「綠」、「紅」四種顏色的紙標；被貼上「最不清潔」的紅色紙條，將被處罰金。

很湊巧，我負責執行檢查的地區，包括我自己住的那條巷在內，我於是和同學們商議，如何利用這個機會深入丁家花園，窺探奧祕；同時設下一個圈套，使丁家大門被貼上一張紅紙條，罰他一筆錢，叫他心疼，那才好玩！丁家雖然以吝嗇名傳四境，但是，他家的門前宅院一年到頭保持潔淨，除非在他們門前做點手腳，「最清潔」的榮譽是非他莫屬的。商議結果，由一位江姓同學負責做手腳，檢查隊到達丁家的前一刻，撒一堆垃圾在他門前，而由我來執行檢查。

當檢查隊轉入我的住巷，一眼就看到丁家門前那堆垃圾，我怕耽誤時間而失去「抓髒」的機會，便搶先趕到丁家門前，隨手取出一張「最不清潔」的紅紙條，方方正正貼在大門上。

左鄰右舍、巷上行人看了這張紅條子都覺得很樂，鎮公所人員也用特大的氣力敲著丁家大門：

「喂！丁先生，丁先生，請開門！」

大家無不幸災樂禍地期待主人出來。

咿呀一響大門開了，丁百萬果然出現，他的表情和那道牆石一樣冷硬。

「丁先生，」鎮公所人員說：「你家門前這樣髒，也不打掃一下。」

丁百萬一看，愣住了。

「對不起，丁先生，你得罰一筆錢。」

「慢著！」他揮一下手，用銳利目光在垃圾上搜索著，再用腳尖輕輕踢著垃圾中的蚌殼，忽然，丁百萬的雙目一亮，嘴角露出一絲冷峻的微笑，然後抽了一口氣說：

「各位先生，請原諒，這堆垃圾不是丁家的，是別人家的……。」

「什麼丁家，別人家？難道說垃圾也刻了名字不成？」

「每一碎片都比刻字更清楚。」

大家的目光一時全都集聚在那堆垃圾上，找不出可以資證的字跡。

「事實上，」丁百萬不慌不忙地說：「沒有什麼比垃圾更容易辨認是屬於誰家的東西。請各位進來看看吧！比較一下，一目了然。」

我們大夥兒擁入花園，走到一個角落上，丁百萬掀開一個垃圾桶的蓋子，用鋏子撥出一大堆蚌殼，然後敲著木桶說：

「這才是我丁家的蚌殼。」

「有什麼兩樣？」我說。

「有一點點不一樣，」丁百萬回答：「我敢說，這樣的蚌殼是我丁家獨有。」

我們俯下身，仔細研究了好一會工夫，看不出半點道理來。

「依我們看，完全是一樣的，丁先生，你賴不掉。」鎮公所人員說。

「不瞞各位說，丁家有一條嚴格的家規，我家大小可以不吃貝殼類的食品，要吃就得吃得精光，每個蚌蛤都有兩處最難吃掉的小肉筋，必須細剔咬嚼下去，丁家絕沒有一個人敢糟蹋一絲絲的食物。現在請各位比較一下，門裡門外的蚌殼，究竟有沒有兩樣？」

果然不一樣，丁家每隻蚌殼都是光溜溜的，不留半點筋肉，我們認輸了，輸給這位了不起的吝嗇家，趕快把那張紅條子撕下來。

我從此對丁百萬心服了，不再嘲弄他，但，我對他的興趣卻與日俱增，時常用搜奇探祕的目光掃視著丁家的每一人和物，希望能從中尋找出更多有趣的祕密。我的機會終於來到了，一天，我父親要到對門探望丁百萬的病，我於是要求跟著去，父親答應了。

我一到丁家，毫不客氣地穿堂入室，四處亂闖，搜索奇祕，頗感失望，原來丁家和尋常人家並沒有什麼兩樣，不過較為安靜素樸罷了。我於是坐在玄關的臺階上等著父親出來，忽然，我的視線觸及門廊上一個古舊的鞋櫃，上面陳列著好多舊皮鞋，從中發現一種異象：每雙皮鞋的鞋底，鞋面都完好如新，一律從鞋腰裂斷，好不奇怪？

這時，丁家丫環小蓮兒正在打掃門廊，待她掃到我面前來，我才開腔問道：

「小蓮兒，這些皮鞋全從鞋腰斷掉，是怎麼搞的？」

小蓮兒向我笑一笑道：「你想想看。」

我搖搖頭。

「人家的鞋子是穿破的，丁家的鞋子卻是鋸斷的。」小蓮兒邊說邊把一堆落葉掃進畚斗裡。

「鋸斷？」

「是的，每雙鞋子都是慢慢地鋸斷，」小蓮兒把掃帚靠放在石階上，才好比手劃腳地道來：

「我家老爺子最講節儉，定下了一條家規：丁家人出門去，腳上只許穿一雙木屐，隨身又得攜帶一雙皮鞋。老爺、少爺們為了方便起見，都把皮鞋紮在腰帶上，走到人家的門前，才把木屐脫下，換上皮鞋，然後踩進人家大門，既節省，又體面。一雙皮鞋，這樣穿法，照理說穿上二、三十年，也穿不破，可是，鞋是紮在腰帶上，一路上搖呀搖的，搖了三、五個年頭，皮鞋都給腰帶鋸斷了，就成這個樣子的。林少爺，您覺得稀奇吧！」

「很了不起！」這時，父親從屋子裡出來，我於是結束了第二次訪問丁家。

鎮上的人都認為丁百萬的晚景很淒涼，紛紛談論丁家兒媳對待丁老頭怎麼刻薄，我卻持著不同的看法，我認為「苛刻自己」原是丁百萬的本性，兒媳們凡事依順他而行，倒是孝道的表現。

那是古曆年關的光景，我替父親送一瓶補藥給丁百萬，那時丁老頭身體很虛弱，他仰靠在床頭一疊棉被上半臥著，二房媳婦正端著一盆年糕進來。

「爸，頭一爐的年糕出籠了，您嘗嘗看，夠不夠甜？」

丁百萬才咬一小口，就說：「甜，甜，甜極了！」

「我怕不夠甜，您看，要不要再加點糖？」

「夠，夠甜了，不用再加了。」他隨手揀了一片年糕遞給我：「這年糕真好，你吃吃看。」

我吃下那片年糕，才體會到所謂「味同嚼蠟」是什麼感覺，這爐年糕根本就沒有下過糖，丁家媳婦真缺德，她頻頻捏著我的手說：「請你到後院來吃，讓丁伯伯休息休息。」

她牽著我走進後院，我才大開眼界，在一張長桌上陳列著各色年糕，有香蕉露、紅棗兒、龍眼肉、鳳梨糕等等，真的把我看呆了。

「林小少爺，這才是好年糕，你儘管吃，就是不要說開去。」她說。

「我吃不下。」我說。

「是不是替丁伯伯難過？」

我點點頭。

「說起來，爸爸實在怪可憐，這絕不是我們兒媳對他不孝，實在是老人家太想不開，他一生虐待自己，剛才，我端給他那一盆年糕，你也吃了一點，那簡直就沒放過糖，你聽他滿口叫甜，假如我多放一點糖，這個年，他就會過得怪不舒服；要是給他看到這一桌子的年糕，那簡直要把他的老命送掉。唉！真可憐！他的命註定只吃沒放糖的年糕，你看過的，他吃得那麼樣開心呢！」

我看過丁老頭過年，也看過丁老頭怎麼樣閉上兩隻眼睛，離開人寰。人生有百病，丁百萬居然選擇了百病中「最吝嗇」的絕症——食道癌。這種病症最合於他的個性：滴水難嚥、粒米不進，活活餓死！死得真是經濟節約。按通常療法，可以給他打點滴營養劑來延續生命，可是，他怎麼說也不肯打針，於是眼巴巴看著他慢慢地餓死。

他臨終的時候，因咽喉早已堵塞，不會說話，他藉手勢索取紙筆，顯然是要交代後事了。當大少爺給他一枝筆，他點點頭；再遞給他一張白紙，他用責備的眼光瞪著老大一眼。

「爸，怎麼樣？」

他用枯乾的手指在白紙上比劃了一下，老大明白他的意思：「用紙太浪費！」便撕下一角來給他，他才用顫抖的手，寫下最經濟的語句，完成了他的遺囑。

他的呼吸漸漸微弱、無力，頻頻環視著床邊所有親人，顯然死神已來催請了。突然，他精神起來了，睜大兩個深凹的大眼球，射出丁家人都熟悉的一種不滿目光，於是大家手忙腳亂，指東比西問他，全都不是，二房媳婦最靈巧，她搶著說：

「大家別忙，我知道……」她走去把那盞低光度的床頭燈關掉。大少爺委實太粗心，他剛才替丁老頭開燈寫遺囑，竟忘了關燈，害得他老子臨死閉不上眼。那盞燈一熄，丁老頭隨即過世了。

丁老頭臨終時，不可能預見他死後三十二年（一九七三年）世界發生了能源的恐慌。然而，今天，我們卻能清楚預見到：人類在未來的日子裡，人口高度爆炸，資源日益涸竭，已成為無可逃避的大災難。那時候，全人類可能被迫採行「丁百萬式」的消費控制，那麼，「吝嗇」將成為未來人類最高的美德。

丁百萬生於能源充沛的時代，他竟不顧眾人的蔑視與嘲笑，對任何物資都那麼吝儉使用，既不迫於需要，更不高談道德，自然而純然出乎他的本性。因此，我常常尋思著：像丁百萬這樣吝嗇的人，是否出於人類的靈性對未來「深憂遠慮」，而引發一種本能的突出表現。

吃瓦片的女人

我的老姑姑有種奇異的嗜好，極愛吃瓦片。吃法如下：將瓦片洗淨，然後擊碎，磨成細粉；再用細篩子篩下細粉，和開水吞服。我最愛這位大姑姑，常常幫著她撿拾瓦片，敲呀！磨呀！篩呀！然後睜圓兩眼看著老姑姑吞下去，她吃得那麼津津有味，使我流出口水來。

老姑姑家道小康，兒孫滿堂；心情樂觀愉快，待人非常誠摯；唯一令人感覺遺憾的事，是她有吃瓦的怪癖。她年老時，她的兒孫開始禁阻她吃瓦片，生怕她吃壞了老命。她沒有瓦片吃，就悶悶不樂，見到親友便訴苦，她生平刻苦勤勞，只有這麼一種不花錢的嗜好，卻為兒孫所禁，老姑姑不得不偷吃，她常常假藉帶我上街遊玩的理由，往小巷瓦礫場去拾瓦片，她撿的瓦片，有的是紅色，也有白色，有方塊，也有菱形的，她把每片瓦片送往鼻孔上嗅一嗅。

「呵，這一片才好！」她深深地吸一口氣，那種滿足表情平時在她臉上很少能見到，然後，她就把所鑑定的「上好」瓦片朝我手提籮子一放，繼續在瓦礫場搜索著。

「喂！老太太，你撿什麼呀！」一個過路的老太婆問著。

老姑姑顯得非常尷尬，她平時為人非常正派大方，除了吃瓦片以外，沒有別的什麼事會使她自己這樣難堪。

「可不是，這孩子喜歡玩瓦片。」姑姑竟然也會撒謊。

「你不要對人家說。」老姑姑向我懇求似地說。

「不，我不說，但是，你要告訴我，瓦片好不好吃？」我好奇地問。

「太好吃了！」老姑姑笑著說：「世上沒有比瓦片更好吃的東西。」

「什麼味道？」

「香極了，一種說不出的香味！」

「給我嘗一口好嗎？」

她趕緊抱住我說：

「不，不！你不能吃，答應我，你不要學我，千萬不要吃，——」

我答應她，但我不忠實。因我是亞當和夏娃的子孫，一經點破是「禁果」就非吃不可了。製造瓦粉原是每個孩子最拿手的事，我很快地如法炮製一大包，用濕指頭蘸一點瓦粉，往嘴裡一送，趕緊伸舌吐出來。那粉末又粗又澀，黏在嘴裡，使我咳嗽不止，眼淚滾流；要漱好幾碗清水，才清除乾淨。我想：這大概像爸爸抽菸、叔叔飲酒一樣，是大人們所做小孩不能理解的事。

老姑姑給我最深刻的印象，那是她最後一次吃瓦片的情景。在一個冬天早晨，她患著重病，已到了彌留的狀態，兒孫們都圍在床側。當時我照母親的吩咐也坐在一起，老姑姑對兒孫交代了遺囑後，便提出一個要求，給她一口瓦粉吃。兒孫都想答應她，但沒有一個敢說出口，因為那不是人吃的東西，他們也不知道怎麼炮製，於是，大家像哄小孩一樣：「給你半碗雞湯吃好了」、「吃幾片豬肝好嗎？」幾句虛應的話。

老姑姑悵惘地搖著頭，那神色就像一個孩子的要求被大人拒絕了似的。

突然，房角邊發出一陣號哭聲，那是婢女阿香的聲音，只有她最了解姑姑的異嗜，此時她已情不自禁，而引起全屋的人都哭起來。

阿香卻在眾人的哭聲中溜走了，喚也喚不回來，大家心中正在納悶，大約二十分鐘以後，阿香又出現了。

「阿香，你往哪兒去了？」大家都帶著責備的語氣問著。

阿香的神色微慍，默默地走進來，倒了一杯開水，再從袋裡取出一個像西藥店出售一樣的藥包，姑姑向來不服西藥，大家明知那是什麼，都不作聲，心中卻感到無比的快慰。

「吃藥！」阿香將開水和粉包遞過去給老姑姑，眾人的目光都凝聚在阿香身上，她低垂著頭，待老姑姑吞下了那包瓦粉，阿香仍然低著頭退出去。她做了一件眾人不能做的事，給臨終的老姑姑最後一次滿足。

老姑姑於當日深夜逝世。她終老後，我漸漸長大，新世界有太多新事物不斷沖向我的腦袋，我早把這段往事忘得一乾二淨。

事過二十二年，我的表嫂帶表姪兒遠道來探訪我，這個表姪兒眉目清秀、反應靈敏，但是面黃肌瘦，顯得營養不良，可是，我的表兄強調他家的營養第一等，不知什麼緣故，他的兒子越吃越瘦，後來，當表姪兒跟我的寶貝兒子在一起玩的時候，我才發現表姪愛撿地上的沙土吃，使我不禁想起老姑姑吃瓦的情景，大感不安，便催促表兄趕快送他往醫院檢查。

我陪著表兄去的，經由小兒科、精神病科會診後，診斷患了「異嗜症」，病因：寄生蟲。據檢查報告，表姪體內因寄生蟲作祟，引起他胃神經失常，發生異嗜的徵象，吃兩三服驅蟲藥就好了。

這時候，我卻呆住了，我已神馳於故鄉老姑姑的墓地上，她一生吃瓦吃到老，從不曾看過醫生，如今，她的墓碑已傾斜在亂草中了吧！

紅糟肉的祕密

我的堂弟從小原是一個很健康活潑的孩子，自從那一天傍晚，他和我從小學校放學回家後，只要有紅糟肉上桌，他就吃不下飯，而嘔吐不止。

伯父母好生奇怪，質問堂弟因何緣故，他支吾其詞，不肯吐實；我知道這祕密，而且是這件事的禍首，不敢說出來，只好讓堂弟永遠在有紅糟肉的餐桌上興嘆。

長大之後，我們各奔前程，直至最近堂弟從歐洲來臺灣旅行，彼此相逢，兩鬢已斑白，我不免燒幾樣家鄉菜請他，他高興得不得了，胃口大開，盡情暢吃，不料，紅糟肉一上了桌，他的神色立變，放下筷子，做欲嘔狀，我才記起前情，立即把這碗菜移開去，放在廚房看不見的地方。

「對不起，真對不起！」我連聲向他道歉，他的神色漸漸恢復過來。

「你還記得我的老毛病？」

「記得。」我說：「只是一時疏忽了。」

「我在歐洲多年，不曾見過紅糟肉，沒想到，今天只瞧一眼，老毛病立刻發作，唉！不知道這是什麼毛病？」

「毛病！——難道你自己還不知道？」

「我怎麼知道？從小就這樣子呀！」

「你應該知道，當時你有六、七歲了吧！從那一天起——。」

「什麼？你知道——。」他很驚訝。

「假如你真的忘掉了，我倒是世界上唯一知道這祕密的人，而且是這件事的禍首。」

我開始敘說這一段我和他的童年舊事——

距今很古遠的一個下午，不記得什麼事情，我和他都提早放學，走到離小學校不遠處，望見一排大刀隊押著兩個五花大綁的犯人，朝著城外走去。吾鄉城門口有個廣場叫做「雞籠埔」，那是官府執行死刑的鬼地方，路上行人紛紛追隨著去看熱鬧，且有人透露著說：這回不是槍決，而是砍頭！真是一場難得的好戲。我便勸誘堂弟一起去看「土匪砍頭」，我們趕到雞籠埔，爬上山坡一座石巖頂，居高臨下，看個清楚，這時，那兩個土匪已跪在草地上，背後站著兩個劊子手，雄赳赳地各持一把雪亮大刀，彎著那粗大多毛的臂膀，等待著執行令；只聽得隊長一聲令下，兩把大刀一閃，撲托、撲托兩聲，兩個頭先後落地，頭頸上像噴泉一樣冒出兩道鮮紅的血柱來，這不可怕；那兩個已離身的人頭在草地上滾著，頻頻張開血口，咬著、咬著地上的青草……我趕緊掩住眼睛，太可怕了！堂弟緊抱著我，他的手是那麼冰冷，顫抖著。我慌忙扶著他走下巖石，奔回家去，堂弟一邊哭著，一邊說：「好可怕！」

我敘說了這段往事，便問道：「這是很多年前的事，你還記得嗎？」

「我還隱約記得；可是，這件事和紅糟肉有什麼關係？」

「我比你大兩歲，還記得清清楚楚。天下事，無巧不成書，那天你家晚餐桌上偏偏有一碗紅糟肉，你一看到那碗肉，全身發冷，大吐一陣，伯母看情形不對，先抱你進房休息，再派人叫我去，問我在學校或路上，我們吃過什麼東西沒有？我心裡有數，不敢吐實；那盆紅糟肉，實在很像土匪頭肉。」

「哦！原來如此啊！我記得和你去看過殺頭，但是，這件事和紅糟肉發生了連帶的作用，我完全不知道，或者，我忘掉了。現在，你把舊事重提，我才明白。」

「那麼，可把那碗紅糟肉再端出來試試看。」

「不行，還是不行！」堂弟頻頻地搖著手。「開哥，我倒要問你：我和你一同看土匪砍頭，為什麼單獨我對紅糟肉起了反感？你不但不，而且非常喜歡吃，這該怎麼解釋呢？」

我思索了片刻，笑著答道：

「最主要因素，當天晚上，我家晚餐桌上沒有紅糟肉，到後來，我吃紅糟肉的時候，早把砍頭的事淡忘了。你知道，一碗紅糟肉和一杯高粱酒擺在我面前，天下任何大事，我都會忘得一乾二淨，何況那該殺的土匪？」

「你這麼一說，使我對紅糟肉似乎有點好感了。來！我們碰一下杯子，乾！」堂弟一飲而盡。

「好！把那一碗紅糟肉再端出來。」我也乾了，把杯子重重地放在桌上。

「不，我還是怕。」

「真差勁！」

大頭病

「求您救我，求您救我一家人……」

趙幼良太太從屏東一大早趕火車到高雄來，她一踩進門，呼天叫地，向我求救。

「我一家人的生死，都操在您手裡，求您救我，救救我一家人。」

「你請坐，有話慢慢說。」

「您，一定要答應我，從今天起，再不要在報紙上替趙幼良捧場。不但您一家報紙，還要請您拜託所有報紙都不要登他的新聞。林先生，我知道，你們都很愛護他，好心給他捧場，可是，他，他不是那種材料，他為了出風頭，變成不務正業，什麼選舉都要參加，競選一次又一次，祖產的田屋快賣光了，現在剩下最後一筆土地，再一次競選，我全家人只能喝西北風。」

「趙太太，我很同情你，可是我幫不上忙，因為參加競選是公民的權利，我對這無能為力。」

「只有您能幫我這個忙，我告訴您，他熱心競選，說是為了民眾，那是胡說八道，他滿心盡想出風頭，只要報紙都不登他的新聞，他沒有癮好過，就不會傾家蕩產去競選。真的，您相信我的話。」

趙太太說得一點也不錯，我和趙幼良的關係，應追溯到臺灣初光復時期。他父親是一位富有而吝儉的大地主，只生這個寶貝兒子，卻愛散財，這倒是常見的現象。不過他花錢的方式很出奇：不賭不嫖、不抽菸、不嗜酒，唯一不良嗜好是太愛出風頭，做得太過份，把大把的鈔票都用在風頭上。這和他的家庭背景有關係，他父親除了錢以外，什麼都不認得，對這個獨子也不加以教養，竟變成個閒蕩公子哥兒。臺灣光復後，趙幼良眼看著個個朋友紛紛投入千變萬化的新社會，創建新事業，他雖家財萬貫、衣食不愁，但什麼都不會做，眼睜睜看著人家做得有聲有色，而他卻被新社會遺棄了，不免覺得很空虛與徬徨，他終於發現一種能使自己膨脹起來的方法，於是千方百計向父親拿錢，努力換取各種可能出風頭的機會。這時正逢臺灣整個報業氾濫著「慶祝廣告」的畸形期，因此，他和臺灣報業很快結下了一段奇緣。

臺灣光復之初，百廢待舉，工商蕭條，廣告奇缺，報紙雜誌無不仰賴「慶祝廣告」來維持。我不知道「慶祝廣告」這個絕招是誰始創的，但我敢肯定趙幼良為臺灣「慶祝廣告」一大功臣。那時候，他的心靈和報紙廣告版一樣空虛，於是他用大量金錢刊登「慶祝廣告」，充實報紙版面，也使自己能快速膨脹起來，報紙更樂於設計各式花招以滿足他的空虛心靈。當年，報紙廣告版經常出現「趙幼良」特大號字體，包括慶祝婦女節、兒童節、商人節、國慶日、光復節、元旦……春節……，至於記者節更不用說，各報都分配他的一大篇「慶祝題辭」，而且收費沒有固定價碼。

如果說過年度節才登「慶祝廣告」，平時豈不把趙幼良悶煞了，報社業務員的花招多著呢！

慶祝某公司開幕、某旅社落成、某校創立週年、某醫師從日本拿回博士學位、某公子畢業、結婚，某女子于歸等等慶祝廣告；最小氣派至少也參加一份「有志一同」的聯合廣告；有些類別的廣告如今難得看到了，例如：「慰問某先生受傷」、「慰問某府火災之驚」、「慶祝某公吉人天相，大難無恙，必有厚福」。最奇突的，我曾見過這麼一則廣告：「收回髮妻啟事」廣告，五欄高，四公分寬，左側緊接一幅趙幼良刊登的「慶祝某先生收回髮妻誌喜」。每次他刊登慶祝廣告，別字連篇，笑話百出。

趙幼良除了染了上報的癖好外，他還有一個出風頭的絕招。每當非年非節之季，親友們既無喜慶，又無哀喪可言之時，他必悶極無聊，就想當起堪輿師來，替人看風水、找墓地，而且是「無料」的服務（當時趙幼良因交遊關係，國語進步的確很「大」，但仍脫不了日本語法，把免費說成「無料」）。其實不僅免費，而且大貼老本。他堪輿技術之精，曾轟動一時，每次入山勘察，事先必請幾位新聞界人士隨行，進入山的深處，他會忽然止步，仰天長嘆數聲，伸手指著一座山頭說：「看那山頭上浮著閃閃紫氣，此中必是一道龍穴。」

大家凡人眼淺，什麼都瞧不見，便求趙半仙（他的綽號）細道其詳。他沉思良久，驀地「嘿」了一聲：「啊！看到了，這龍穴中，藏有銀馬、銀兔數品，只要各位肯耐心挖下去尋找，必定得寶，如果落空，我趙某請客。」

大家當然樂死了，挖下去，他測得準，有銀馬、銀兔可得；測不準，也有得吃。到頭來，果然掘出許多銀馬、銀兔來，確證此山果有龍穴不虛，由購地者請客聯歡，報紙大登起新聞來，趙幼良出盡了風頭，各地名士見報紛紛前來趙府求教堪輿之術，趙半仙於是趁勢大擺起架子來。

這種風水把戲，趙幼良不常玩，玩一次可過很長的癮。有一次，我也跟著去玩，等大家都鬧過了，我打個電話和他聊著：

「老趙，你的確是一位了不起的堪輿家。」

「過獎，不敢當，不敢當。」

「不過，以我外行人看來，那山的風水雖好，土質似乎鬆了一點。」我輕輕地點了他一下。

「也許，三月春雨下多了。」

「老趙，我也想請你替我找個風水墓地。」

「你還年輕，不用急。」

「我不是想墓地，只是欣賞你從哪裡弄來的那些銀馬、銀兔，手工的確很精緻，好像是高雄七賢三路口那家銀樓打製的，手工倒不錯，花了不少錢吧？」

他呆住了，很久，才回答：

「老兄，請包涵，包涵，大家好玩，如果說穿了，就沒有意思。」

我著實替他悲哀，想想看，他玩一次風水的把戲，要設計古董寶器，還得祕密挖山埋藏，不知要花掉多少鈔票和時間？雖然他的家財萬貫，他的時光一點也不值錢，一個人竟然淪為報紙及群眾的共同玩物，實在可憐！

我常常勸告他：老太爺年紀很大了，他這個做兒子的應該好好運用他的財富做些生意，如有閒情，不妨再和一、二好友共同做點有意義的社會或文化事業，別再浪擲時間和金錢。

他聽不聽我的勸告？聽是聽一點，可惜，他本身學識太差，識人治事的能力全沒有，竟和一些文化流氓一起辦雜誌，給他一個發行人兼社長的大帽子，首頁必定刊登趙發行人的文章和玉照，叫他過過大癮。次頁以下的文字，不是用為勒索敲詐，便是闖下大禍，雜誌社所有法律和財務責任全由他一人肩挑。好在趙家有的是錢，大難臨頭時，逼得吝嗇鬼老爸也得拿出錢來消災。那麼，他為什麼不和正派的文化人合作呢？那是不可能的，因為正派的人和正當文化事業都不會使他過癮。

他很早就投入出國考察熱，很少放過出國的機會，不管是考察香蕉市場、農業加工、防洪水利、地方自治、國民住宅，以及各項國際性運動競賽，他都有一份。至於扶輪社、獅子會、青年商會、共濟會等等更少不了他，而他也多多益善，或隨同或率領團體出國；說穿了也不稀奇，團體出國大半經費靠他捐助。不過，他也真有一套，一到外國，語言不通，有法子攀上外國總統或部長階級之流和他合影，這種歷史性的照片當然大量加洗，攜帶回國，分送報社雜誌。近幾年來各報的篇幅都很擠，但他的珍貴照片八成都登得出來，即使編輯部、採訪組不用，各報社經理人員也會替他加壓力登上去。

他的名片更是洋洋大觀，頭銜密密麻麻一大堆細字，盡是什麼代表、理事長、董監事、總經理、社長、顧問諸類名堂，令人看了頭昏目眩。我最欣賞他客廳懸掛那一套旅遊各國的紀念照片，照片上各國人物都標有符號，他習慣用圓圈代表他自己，所以，照片說明文字中，必加註一行字：「〇者我自己也」，可見他深怕他的妻兒子女，以及來訪親友認不得他的貴相。我看了那些照片，真會開脾舒胃。

趙太太的分析一點也不錯，他的確是一個風頭狂的人。

趙家老太爺真有福氣，那年他還沒聽到「耕者有其田」政策，才看到省政府頒布三七五減租辦法，一急之下，一口濃痰上升，就這樣命歸黃泉，從此趙幼良春風得意了，可以自由運用所有財富，刊登「慶祝廣告」、看風水製銀兔等樂子已不夠過癮，開始轉移興趣，參加各種政治活動，從競選里長開始，進而競選農田水利會代表、鄉民代表、各種人民團體理監事、各種合作社理監事，只要有競選機會，他絕不放過。最近一次縣議員選舉，他以最低票落選慘敗，給他打擊很大，但他毫不灰心，卻準備更上一層，競選下屆省議員。

我對趙太太的求助極表同情，可是，愛莫能助。因為，幼良再怎麼不是，他卻是報社及記者的衣食父母，怎麼說呢？他是廣告的源泉，又是製造新聞的工場，又很樂於請新聞界人士吃飯，不管哪家報館以及哪個部門都喜歡他（這種交情一定會維持到大登他破產新聞之日才了結）。我哪有能力約束大家不要捧他的場，那簡直等於搗毀公共的水源電路一樣罪不可赦。

「趙太太，我完全相信你的話，不過，我不能用封鎖新聞的方式幫助你，只能幫你勸勸他。話說回來，如果他不聽我勸告，競選總不算是一件壞事，再讓他試一試，說不定當上了省議員，你也很光彩。」

「別做夢，他選不上縣議員，怎麼選得上省議員？」

「這倒說不定，省議員選區大，有其利，也有其害，看他個人怎麼運用。」

「不是選區大小問題，他根本就不配搞選舉。他身邊那一批狐群狗黨，只想吃他的，哪肯真心幫助他？」

「趙太太，你可不能這麼說，競選不可能必勝，敗了可怨不得朋友。」

「我有證據。」趙太太氣沖沖地，從手提包取出一本前屆該縣議員選舉投票記錄冊：「你看這裡，第七十二號投票箱，他只得一票，本來一箱沒得一票也不算稀奇；稀奇的是這個投票所所在地是安民村，在這個村子裡，趙死鬼特別僱了四位當地助選員，都是領高薪水的，可見這四位——至少有三位助選員本身都沒投他的票，這種人落選，還能選省議員嗎？您說，您說！」

趙太太說話真是有筋有肉，有條有理，響叮噹的，要是能把她的腦筋移植幾根給她丈夫，趙家就不得了，可是不行啊！

「唉！真是的，他確實不該再競選了，不過，他的個性很強，不出風頭，他會發瘋。」

「對的，他會發瘋的。」趙太太睜圓兩眼說：「林先生，這是不是一種病？有沒有一種藥可以治？是的，我想請我屏東一位親戚張山鐘醫師給他看一看，你說會不會給人笑話？」

「什麼，張醫師是你的親戚，是什麼關係的？」

「張醫師本來和我娘家有點親戚，自從他當了縣長，幼良當然更常上府衙去，他對張縣長一向很服貼的。」

「唉！你早也不說，屏東有大佛爺不拜，來高雄找我這個小人物有什麼用呀？趕快回屏東去找張縣長，他真是一言九鼎。」

趙太太一走，我就把這件事淡忘了。

張山鐘老先生真是可愛極了，在他當醫師的時代，我就認識他，以我當時的年齡和他比較，可以說他很偏愛我這個小孩，我在張府也見過比我更年幼的三公子張豐緒先生（前臺北市長，前內政部部長）。❶

在屏東鄉下人心目中，張老先生是活神仙、活菩薩，為人慈愛而風趣，也是一位神醫，只要帶小孩子給張醫師看過一兩次病，不僅藥到病除，大半都會從此健壯活潑起來。我知道張醫師有一種妙訣。他在屏東行醫多年，發現當時屏東環境衛生太差，百分之九十九兒童都感染寄生蟲，要鄉下孩子都接受寄生蟲檢查，不是一件容易的事，既然寄生蟲的罹患率如此高，他便定下一個決策，凡在他醫院治療的兒童，不論何種疾病，只要在藥理許可範圍內，一律都加入驅蟲藥，於是，家長看到一種神奇的現象，他們的孩子服了張醫師的藥，不但病除，而且從此體質大為改善，張醫師的醫道聲名漸漸傳遍了屏東。因此，他一就任縣長，第一件大事，要改善屏東環境衛生。

張縣長上了任，我有更多的機會和他見面，那一年，屏東舉行很別致的西瓜大競賽會，邀請中外人士參加，他特別發一封請帖到高雄市來給我。當大會公佈比賽結果後，張縣長主持「破瓜」大典——這是他的幽默感，拿起果刀來，破了瓜，然後分切給來賓品嘗。

典禮畢，來賓逐漸散去，我便走向張縣長，謝了他，見身邊沒有別人，我於是輕聲問道：「趙幼良太太有沒有去拜訪您，您幫了她嗎？」

「她來過，不過，老趙那種病我幫不了忙。」

「為什麼？」

「沒有法子。」張縣長苦笑說：「他患的是絕症。」

「什麼絕症？——癌？」

「癌，才不是呢！」張縣長回答道：「癌還有治療的希望。」

❶張山鐘、張豐緒：張山鐘（一八八七～一九六五），屏東萬丹人，醫學博士，後不僅在家鄉行醫多年，更涉足政壇，成為屏東縣首屆民選縣長。長子張豐胤亦從醫；三子張豐緒則從政，曾當選兩屆省議員，亦曾任屏東縣縣長、中華民國奧林匹克委員會主席，二〇一四年病逝於臺北榮民總醫院。（編按）

「究竟是什麼病呢？」

「大頭病——你知道大頭病嗎？」

張縣長首創的這個病名，真是妙極了！患這種病的人，一天到晚只想做大頭。這種人，參加開會，一聽到司儀喊「全體肅立」，還沒喊「主席就位」，他的雙腿就會滑動，想滑到主席臺上去當主席；如果不給他做大頭，他會鬱悶致死，非讓他大頭下去不可，一直到死為止，我實在很同情趙太太。

這就是「大頭病」的由來，先在臺灣南部流行，然後傳遍全省，雖然在百科辭典中還找不到這個詞兒。

——刊於一九七六年二月號《明日世界》雜誌第十四期

大專過敏症

趙菊青的那股傻勁，兼帶著幾分土氣，真令人喜愛也感覺頭痛，如果不是和她共過事，很難體會她多勤謹能幹。

大豐貿易公司在初創時期，一共只用三個人辦事，菊青是唯一的女職員。那時她剛從嘉義商業學校❶畢業，由一位股東介紹來臺北，在這家公司拿最少的錢，做最多的事。會計和打字原是她的本份工作，她又兼接聽電話、管理樣品、報價訂貨；後來她又學會了驗貨、報關，做得比誰都認真牢靠。有一回，總經理偶然發現她寫得一手好字，運筆雄勁有力，一點沒有女孩子家氣，於是又派給她一份差事：重要文書的繕寫工作。

其實，她還做許多不為人知的雜差，因為公司沒有宿舍，她就在辦公室裡打地鋪睡，夜裡替公司看門戶，她常在夢鄉中驚醒，一聽是國際電話，她總想盡辦法找到總經理。每天黎明即起，

---

❶嘉義商業學校：創立於一九三八年，原名臺南州立嘉義商業學校，後初級部停止招生，一九七〇年改名臺灣省立嘉義高級商業職業學校，二〇〇〇年改隸教育部。（編按）

打點洗掃，煮水泡茶……這些雜差，在她，只是順手去做，根本不當做一回事。她從來不計較，不居功。事實上，這家初創的公司，大家也都一樣忙，如果說她有什麼抱怨，那就是還有些她可以做的事，總經理沒有再派她做。她感到最大的滿足，是公司人員都非常敬重她。

公司人手雖少，大家一致發揮「以一當十」的奮鬥精神，業務蒸蒸日上是可以想像的事。因此，辦公室不斷地擴充、新銳人員不斷地引進，電話由單機而分機，而擴充為十線的自動系統，於是，菊青的工作就越分越細。現在，她每天一起來就有工友前來伺候，替她泡茶，整理辦公桌，她逐漸從不斷膨脹中的營業組、文書組、祕書室退讓下來，而她的工作濃縮在會計室一個單位上，她早已榮昇會計主任，手下已有了好幾位助理人員。

公司越擴充，趙小姐的工作越化分而細密，起初她感到不很適應，公司越大，她的「領域」越小。不過，她也有新的滿足，總經理對她的信任與日俱增，她所負的財務責任也日益加重。總經理早已把支票簿交給她，以前，每天所開支票通常不超過五位數字，偶然開百萬數支票，她的手是會發抖的。現在，她開「百萬」數字的支票，已是家常便飯，這對出身窮苦人家的她，實在有一種難以想像的滿足感。

雖然這家公司各部門新進許多年輕優秀的專業人才，不但熟練電腦操作和精諳各國語言，而且個個如花似玉、千嬌百媚。平心而論，白手起家的總經理卻非常念舊，他對於初創時期的三大功臣，尤其對菊青小姐的愛護，絲毫不減於往日，雖然近年菊青變得很暴躁，主管和同仁（尤其新進人員）對她無不忍讓三分。

菊青的脾氣正像夏日的陣雨，滿天豔陽，突然天昏地暗，雷雨交加，一下子，雨過天晴，她又轉怒為笑，卻顯得比誰都快樂。其實，她這種脾氣，很容易對付，公司同仁只須多準備幾頂「高帽子」，當她脾氣發作的時候，往她頭上一戴，她很快就樂起來。

最苦惱、也可以說是最舒服的，是她手下幾位會計助理員，沒有什麼事可做，菊青以主任之尊，獨攬著那幾位助理員的工作，當然，公司會計師和總經理看了很不順眼，勸她不必那麼辛勞，盡可把次要的工作交給助理員去做，她聽了直搖頭說：「不行，她們把帳弄得一塌糊塗。」

「你一定要讓她們自己做，」總經理說：「做得不對，你再指點她們。」

「那不如我自己做來得省事。」

「你不訓練她們，她們永遠不會做。」

「哎喲，總經理，她們都是大學生，我只是高職畢業，怎麼敢訓練她們？」

「你的經驗比她們豐富，應該指導後進的人員。」

「哎喲，總經理，當年我到公司來，才高商畢業，有誰指導我做帳？何況是堂堂的大學畢業生，我這個鄉下姑娘，怎麼敢呢？」

「趙小姐，有幾人能有你那份天才？」

「謝謝您的誇獎，不過，我有自知之明，高職生畢竟是高職生。」菊青酸溜溜地說：「總經理，既然您要用我高職生，就得信任高職生。我菊青天生苦命，人家大學生命定享福，否則，人家幹嘛要上大學呢？總經理，我向您保證：本公司的帳簿、稅金、支票，一點不會出紕漏，請您放心好了，如果您不放心，就把我換掉，現在，本公司有的是大專畢業生，不用實在可惜得很！」

總經理拿她沒有辦法，因為她的保證是非常牢靠的，明知她的作風不對，也只好由她去吧！

菊青雖然長得不漂亮，但她的那股傻勁和土氣，著實有其迷人處。最近有一位青年託總經理做個媒人，總經理欣然接受，一來菊青的年紀已不輕，二來她的脾氣越來越古怪，可能缺乏感情生活所致，做為公司主管確實有責任關心她的終身大事，於是把她叫到「總經理」室來。

「趙小姐，你今年幾歲了？」

「二十九。」

「很理想的年齡。」

「總經理，有什麼事？」

「是這樣的！有一位很優秀的青年朋友，向我表示他很喜歡你，我想替你做個媒……。」

話猶未了，只聽「哇！」的一聲，菊青號啕大哭起來，哭得總經理丈二金剛摸不著頭腦。

「趙小姐，有話慢慢說，我不知道什麼地方傷了你？」

「總經理，您要開除我，請您坦白直說，何必轉彎抹角呢？」

「我沒有這個意思，真的……。」

「我知道，您不好意思開除我，其實，一點也沒有關係，求您給我兩天時間，讓我把帳簿整理個段落，然後我自己會告辭回南部去。總經理，我的薪水今天就截止好了。」

「唉，趙小姐，你誤會了……。」

「沒有什麼！」她的笑容閃爍著淚光，「我的大姊曾在銀行做事，一結婚就被停職；我的二姊在電信局服務，一結婚也落得如此，所以，我，我，我很明白，一個女人結婚的真實意義是什麼。我……我很感激總經理……您容忍我到今天才……。」

「唉，趙小姐，你大大的誤會了，好吧！我不替你做媒好吧！你別哭，你不嫁，你不嫁人總好了吧！」

傻姑娘笑了，她指著眼淚回到會計室。

從此，菊青的脾氣越發古怪，她不時突然暴怒起來，無端給人嚴詞厲色，教人十分難堪，幸好她平時心地非常好，大家都很能體諒她。她發脾氣也只是一陣子，很快就煙消雲散了。

有一天，臺北市心理衛生服務中心派員來訪總經理，說明該中心服務目標，包括公司員工的心理分析、心理健康、性向測驗等項目。

「我想給你一個機會試試看，」總經理對訪客說：「本公司有一位姓趙的小姐，近來似乎心理上有點小毛病，如果貴中心能夠替我找出她的病因，我一定考慮做進一步的計劃。」

該中心終於接受這個考驗，於是派一位心理衛生專家，以顧問的名義到公司來與趙小姐接觸，只兩天半光景，這位專家就向總經理提出報告：

「我已經找出她的病根！」

「什麼病？嚴重不嚴重？」

「不嚴重。她患的是很流行的一種病，叫做『大專』過敏症。」

總經理一經指點，恍然大悟。由於公司業務擴展，不斷引進新秀人員，趙小姐在公司中已成為唯一非大專的女性，儘管公司人員仍然很器重她，但有很多新的觀念與作業方法，確實不是她所能完全了解和適應，她於是漸漸自感萎縮與孤獨。如今「大專人才」是公司徵聘人員最起碼的條件，而她對這個名詞有特別敏感，於是，時刻感受著一種痛苦的威脅，她的職業光榮不可避免將逐漸為大專人才所分享，她為逃避與抗拒這種痛苦的威脅，於是時常鬧情緒、發脾氣，甚至提出辭職，總得由主管與同仁苦勸一番，她才能回復平靜。

「噢——對極了！您的觀察完全正確。」總經理稱讚著說：「現在，我想起許多往事，確實都能印證你的診斷。」

「我和她在最初一次接觸，就找到她的病根，她在那五十分鐘交談中，有三十四次提到『大專畢業生』，比如說：『人家是大專』……什麼，什麼啦，總之三句離不了一句大專畢業生。」

「請教你，對付這種過敏症，可有沒有什麼藥可治？」

「唯一特效單方，是由公司資助她上大專夜間部讀書，這叫做以毒攻毒，即使是三流專校的夜間部，甚至是電視空中大學，也可以收到相當好效果。」

「這倒是個好辦法，我一定照著做。」

大約過了兩個星期，趙菊青又被召喚到「總經理」室。

「趙小姐，請你安心，今天我請你來，不是想替你做媒。」

菊青傻傻地笑著。

「本公司有今天這麼一個局面，你算是一位大功臣，為了酬謝你的辛勞，公司決定資助你升大學，但是，公司少不了你，所以，只能幫助你上大專夜間部，你日間替公司服務，夜裡去上學，你看怎麼樣？」

「哦，謝謝總經理。」菊青顯出非常驚喜興奮的神色，「升大學，是我中學時代的夢想，當時，我兩個姊姊也極力想幫助我，只因父親重男輕女，反對到底，我的夢終於破滅了。現在為時太晚，讀的書全忘光了，考不上的，請總經理不必白費心機。謝謝您，我此生忘不了您的恩情。」

「趙小姐，不可妄自菲薄，你的根柢很好，只要補習一段時間，你是很有希望的，現在距離下次聯考還有八個月，你的補習費用全部由公司負擔，趕緊去報個名。」

「讓我考慮一下。」

「好。」

菊青經過一番考慮，終於給總經理回答個「不」字，總經理的反應很平淡，顯得若無其事的樣子。

又過了個把月，總經理和趙小姐商討一項特殊開支後，順便問她：

「你對升學問題，能不能再考慮一下？」

「謝謝總經理，我不再考慮了，那是下一輩子的事。」

「我很了解你的困難，其實，你的才能不在一般大專畢業生之下，只要你能克服內心的障礙，一切都沒有問題。」

「我，我的內心……有障礙？」

「我給你一份有關你的資料報告，你就在這裡看，看過了，還給我。」

那是心理衛生服務中心提出有關她的心理分析報告。她讀了，滿面通紅，激動得說不出話。

「趙小姐，你讀了這份報告，有什麼感想？」

「我，我，我自己並不覺得對大專學生有什麼偏見，更談不到過敏。」

「但願如此。」總經理平靜柔和地說：「古語說得好，對人家的評議，有則改之，無則加勉。」

從此，趙菊青對「大專」不再那麼過敏，她和大家相處比以前融洽多了。

——刊於一九七六年六月號《明日世界》雜誌第十八期

7

偷竊型

夏娃賊種廣布人間

伊甸園的禁果

話說自夏娃在伊甸園上偷竊禁果、觸怒上帝，伴同亞當被貶下人間以來，他倆的子孫——全人類的血液都注滿了「偷竊」的因子。

「啊！不，我一點也不。」大多數人都會如此自信地否認。

「偷」可分為兩種：一種是迫於生活而偷東西，所偷的不是最值錢的東西如衣服、電視機、照相機，幸運的摸到美鈔、珠寶，這種行徑叫做小偷；另一種是出於心理的一種衝動，非迫於生活需要而偷竊，這種偷竊，可以小到微不足道，也可以大到驚天動地，改變人類的命運和歷史，最顯明的例子莫過於前幾年美國大總統尼克森因「水門竊聽案」而被迫下野，誠可謂天下之大偷。

本篇所談的「偷」，限於上述第二種，所謂「非必要的偷而偷」，這種行徑豈不是喪心病狂的人幹的？其實，這種偷竊，才是最標準的「伊甸園竊案」模式。夏娃純為好奇，而竊取上帝的禁果，因此，遺留給我們全人類永遠無法解脫的一種原罪，那就怪不得我從小也學偷聽大人的私語、偷看妹妹的情書，這種一時衝動的偷竊，實在比挖牆破窗的小偷可惡而難辨得多。當時上帝一氣，把夏娃、亞當驅出伊甸園，其理在此。

我打從小學起，學科成績一律平平，但操行一直保持甲等。從業之後，我的主管、同事也認為，我雖無專長，倒很老實可靠。其實，我從小就喜歡學我的「祖宗奶奶」夏娃專幹偷竊「禁果」的鬼把戲。

我生於閩東「龍眼王國」，在龍眼的季節裡，我家的龍眼真是滿坑滿櫃，我卻常常和小兄弟們到人家果園牆下，用石塊擲擊，竊取未盡熟的龍眼，皮青肉薄，汁少味淡，我們倒吃得津津有味，顯然是夏娃遺傳下來的賤骨頭，偷來的味道才足！

寬宏大量的讀者也許認為這不過是小孩玩把戲而已，絕無傷我的德行。再說，我十六歲那年，偷吻過一位入睡中的鄰居少女，我永遠忘不了那一吻，以前以後千百次的吻，我都不大記得了。妙在這姑娘長大之後，她才告訴我，當時她被我吻醒，佯作睡熟，她也引以為一生最有味道的一次偷吻，原來她也是夏娃的賊種！

這也許又是少年人的把戲而已，好玩罷了！其實不然，在我從事新聞採訪工作之後，才真正顯出我的「神偷」本領。當時，報社採訪組歐陽醇先生對工作至為苛求，我曾屢建搶先獲得獨家新聞之奇功，他哪曉得我乃運用「神偷」手法得來的？我既非武林高手，也不會飛簷走壁，怎樣去偷得那未經正式公佈的新聞資料呢？說穿了很簡單，還不是運用「伊甸園竊案」的老手法。凡機關團體準備新聞資料，必用打字；凡打字必勞夏娃的纖手（亞當從來不打華文），這可方便多了呀！我只須找夏娃去，輕語幾句她喜歡聽的話，她的心一動，多放下一張複寫紙在打字機上，弄好了，先遞一份給我，不就得了？

偷來的新聞稿，像從樹上打落發青的龍眼一樣，比新聞室配給的資料有意思得多。雖然事後鬧得昏天黑地，自惹不少麻煩，卻以此為樂。事實上，有此必要嗎？——一點也不。這只是夏娃的原罪因子在我血液中作祟：「偷來的果子最甜！」

權貴如美國總統尼克森也脫不了「偷竊因子」的擺佈，大搞「水門竊聽案」，因此丟了總統職務，損污盛譽，也害及美國及諸多國家。以我是一個禁果的慣竊，可以體會出這位「大偷」從水門偷聽得來機密那一刻，其得意之狀、滿足之情，無法形容；雖其後果至為可怕，惟當夏娃的因子在血液中滾騰時，睿智如尼克森也一樣昏了頭，而不顧一切去偷。因此，每當我見到小偷被扣押起來，都不禁臉紅，相較之下，小偷真是可憐！

中國人對於「偷」的哲學，了解最深，有一句中國流行俗語：「妻不如妾，妾不如偷，偷不如偷不著。」這話把偷的心理描寫得非常簡明透徹，尤以最後一句「偷不如偷不著」，乃是偷的哲學中最高段數，把偷的衝動昇華到至高的意境。但要記住，偷不著，仍然是偷！

啊！仁慈的上帝，求祢用祢的大能，將所有夏娃的因子收回去吧！

富家賊子

我在師範學校也讀過半年書，學校裡發生一樁離奇的事，大部份同學的圓規、三角尺和看地圖用的放大鏡都失竊了。我連買四套，連連被偷四次，全校同學都惶惶不安，校長對此非常注意，命令各班導師搜查宿舍箱篋，最受注意的對象是貧苦的學生，搜查遍了，不但毫無線索，類似的竊案卻層出不窮。

我覺得非常懊惱，那些工具實在是不可一日或缺的，平時不肯用功的同學，多藉口失竊拒絕做習題，老師們也不敢過份責備，學校當局既然束手無策，我於是決心自己來捉賊。

一個星期日的早晨，我上街去再買一套新的用具，用過午餐後，就把這套用具放在床前書桌上做「餌」，希望能夠釣上這個小偷。我於是躺在床上，佯裝午睡，眼睛留個瞇縫，察看我所放的「餌」有什麼動靜。

只一下工夫，果然出現一個人影迫近我的桌前，我稍微睜開眼睛，看他的手已經握住我的「餌」，我真得意極了！

我高喊一聲「嘿！」跳下床來，伸手抓住了他。

定睛一看，那一剎間，我驚訝極了！他竟是吳同學，不，他不會做賊，絕對不會的。他是百萬富翁的子弟，學問品德都很好，這些小東西在他算什麼，老實說，送給他，他也不肯要；然而，事實表現得過分殘酷，他聽見我「嘿！」的一聲，立即「撲通」一聲跪在地板上，哀求著：

「我錯了！寬恕我吧！」

這時候，我實在像自己做賊被人捉住一樣惶惑難堪，他會偷這些東西嗎？以我和他平時交情之深，我絕不容許自己相信這事實，很快而巧妙地哈哈大笑：

「吳，是你？哈哈！別再開我的玩笑了，借去用吧！」

我放了他，但，我並沒有救他。

有一天，他終於被捕了！在他的箱篋內，搜出四十支圓規、七十餘支三角尺、二十六支放大鏡。又據他自己供認：在初級中學時期，他就曾偷竊二百餘件文具，都深藏在家中倉庫裡，他偶爾往倉庫開箱翻看外，始終不曾動用過這些東西，這實在是一件駭人聽聞的事。

學校訓導處決定開除他的學籍，當時全校師生無不贊同；惟教育心理學講師提出異議，他認為吳的竊案是一件極堪重視的教育問題，請求校長准改為將他留校察看，設法教導感化，校長終於同意，特別成立一個專案小組負責其事。

這答案，終於在家庭訪問中得到解釋：

吳同學的家庭很富裕，他有兩個母親、三個哥哥和四個姊姊，他是老么，因為父親忙於事業，兩個母親早晚都在牌桌上，他在家缺少父母的教養，卻又被寵愛過份。在年幼的時候，他喜歡哥哥、姊姊們手上的物品，這些小兄姊們沒有一個肯把東西讓給他，而他每次要不來就哭鬧，母親都是這樣安慰他：「別哭！等哥姊不在的時候，我去拿給你。」

果然，一待哥姊們走開，他母親便帶他去拿，而且教他玩的時候別讓哥姊們看到；不然，就要被他們取回去。於是，他一拿到手，老是藏著不玩。哥姊們回家時，發現他們的東西不見了，便到處尋找，他覺得非常好玩，因此，他從小就養成了佔有的習慣，且得了一種惡劣的經驗！要什麼東西，只要等人家不在時去拿，方便而有趣，就在這種環境中，培養出這麼一個富家賊子。

紅氾期的怪行

胡五良住在臺南公寓三樓六號房中。那年七月十九日，在他房間中失竊了一個手提包，這算是他四個月以來第四次失竊。從過去三次被竊的情形看，他夫妻倆都相信，這個手提包可能在七至十天間被送回來，說起來真稀奇，前三次失竊後的七至十天間，小偷都把原物放在胡家附近隱蔽的地方還給他們。這一次，他們本想不再報警，靜待這個古怪的小偷「完璧歸趙」，然而，這回手提包中有一件非常緊要的公文，在兩天內非用不可，他只好又到警察局報案，請求刑警隊快速破案。

「這是第四次了！」刑警隊王隊長說：「胡先生，無論如何，這一次我非破不可。我認為本案的偵查工作，要靠失主的合作。我相信那不是一個尋常的小偷，可能是誰跟你惡作劇，天下哪有小偷三次偷了你的東西，而三次都送上門還給你的。胡先生，你再想一想，在你的鄰居中，誰對你有仇怨？又有誰會對你開這樣的玩笑？」

「我也這麼想過，誰會對我開這樣的玩笑？我實在想不出來。臺南公寓三樓上，除了我夫妻外，還有三對夫婦和一位小姐，他們的出身都很清白，而且是社會上相當成就的人，跟我們相處得很好，我沒有理由懷疑其中任何一位會對我開這樣的玩笑。」

「尊夫人記性怎麼樣？」王隊長沉思一下問道：「是不是她記性不好，把東西放在什麼地方忘記了，過後，又找出來？」

「不，她的記性很好。」五良說：「我們住的只是一間小套房，簡簡單單，少了一件什麼東西，立時可以找出來的，家裡又沒有小孩，絕不會把要用的東西放在垃圾箱或便所裡；縱使放了，也立刻可以看到。」

這案子很小，但很出奇，王隊長特地成立一個專案小組，將先後四次失竊的資料，加以分析。終於在記錄中出現了一個異象：失竊是週期性的，每一次失竊的間隔時間，都是二十八天或二十九天。歷次失竊時間及物品列表於下：

失竊第次	**失竊日期**	**失竊物品**	**相距日期**
第一次	四月二十五日	女帽	
第二次	五月二十三日	皮鞋	二十八天
第三次	六月二十日	雨衣	二十八天
第四次	七月十九日	皮包	二十九天

王隊長越看越稀奇，難道偷竊也有週期性嗎？本案有三種假設：第一種假設是偷竊，第二種假設是鄰居惡作劇，第三種假設是失主本身的遺忘。這三種假設都沒有發生週期性的理由，再查閱這三個週期中的潮汐記錄，顯示與海潮、月亮也沒有什麼關聯因素，或許是時間上的巧合吧！王隊長對任何案情絕不願做巧合的假定，他於是計劃邀請心理學家、精神學家、氣象學家參加小組會議。王隊長先去拜訪警察局心理學顧問周麟教授，請他對本案提供意見。

周教授接過全案記錄，細閱一番，不禁大笑起來。

「這小偷是一個女人。」周教授說：「而且她是失主的鄰居。」

這判斷如此肯定，使王隊長非常驚異，「請周教授明示高見。」

「在我說明理由之前，我先向你要求一點：不要將這個竊犯移送法院究辦，因為，她只是一個可憐的病人。」

「周教授認識她嗎？」

「不，我完全不認識她。」周教授回答：「從本案的記錄上看，顯然本案的竊犯是個女性。你看吧，在這四次竊案中，每一次時間的距離，都是廿八至廿九天；而且在偷竊後七至十天，又把原物奉還失主，如果王隊長對女人的情緒變化有研究，本案是再明白也沒有了。」

「這方面，我完全外行，請周教授指教。」

「有些婦女在平常精神很正常，可是，一到經期，她就變態，甚至會變得愛偷人家的小東西，一待月經過去，她又恢復正常。她對自己在月經期中的偷竊行為，感到莫名其妙，非常懊悔，就將原物還給失主。我相信：本案的竊犯就是這種病態的女人，你想一想：這種女人不值得我們憐憫嗎？」

「太稀奇！」王隊長說：「這究竟是什麼病？」

「這是一種女人病。即使是正常婦女，在月經期中，受了體內荷爾蒙的刺激，也會引起情緒反常，一直到經期終了為止，不過，在月經期中情緒變化到偷竊的地步，就需要醫治。還有一種婦女，平時很正常，月經期也很正常，一到了懷孕或分娩期，就變成瘋瘋癲癲。」周教授接著打趣說：「王隊長，你認為這案子很稀奇嗎？這不算稀奇，稀奇的是你們警官先生，老把可憐的精神病患，當做罪大惡極的竊賊，送法院嚴辦。結果呢？辦了又偷，偷了又辦，法律對精神病的竊犯，不但無能為力，反而使病人（在你說是竊犯）的病更加嚴重，這就是我要求你不要把本案送法院究辦的理由。」

「如果本案嫌犯的情形如周教授所說，我一定遵照您的意見辦理。」

「偵查本案的關鍵在於臺南公寓所有婦女的月經期，如果我們能夠知道她們的經期，誰是竊犯立刻分曉。」

王隊長回到警局，立即召集刑警幹部，說明臺南公寓竊案已獲線索；但留下一個難題：誰能查出那公寓上所有女人月經時間？刑警隊什麼祕密都偵查過，但從不曾偵查小姐太太們的月汛，這個任務由女人來做，想必能駕輕就熟，王隊長便打電話試探胡太太的意思，她很爽快地答應了下來。

叫女人去打聽鄰居太太的月經期，那實在比上街打聽商店行情更來得容易。本來公寓上婦女們經常互相交換月汛的情報，閒談之間，也不時提起此事。胡太太不用查問，肚子裡可以背得出好幾位太太小姐的月汛期，這一天，她特地出馬採查這件事，只消一下子工夫，各層各室婦女的月經期都查了出來，便將全部資料送往警察局刑警隊，單看第三樓記錄就看出端倪來了。

本（七）月份臺南公寓四位婦女經期列下：一、王太太七月二日，平常經期準確。二、周太太七月九日，經期不大準確。三、江太太七月十八日，經期準確。四、唐小姐七月廿七日，此係預測，經期不準。

王隊長看過上表，認為江太太的嫌疑最大，因為她的經期是在本次失竊的前一天。為進一步調查，王隊長打電話請胡太太繼續探查江太太最近四個月以來的月經期，調查結束，也都相符，更加深了她的涉嫌。

第二天早晨，刑警隊通知江先生到警察局，王隊長問了幾句話，江先生就將他太太的行為全部吐實：她每逢月經期，經常竊取鄰居物品，他每次都勸她歸還原主，在經期過了之後，她都自動送還。

「你知道胡五良又失去一只皮包嗎？」王隊長問。

「知道，現在這皮包還放在我的衣櫥裡，過幾天，她就會自動奉還。」江先生說：「王隊長，我請求你可憐她、同情她，不要依法辦理，況且，事關我夫婦名譽，……過幾天，我負責把皮包送還胡先生。」

「還要等幾天？為什麼現在不交出來？」

「唉！王隊長，我不曉得為什麼呀！這幾天，她不肯，過幾天，她——她一定會自動交出。」

「皮包裡有一件很重要的公文，不能等她高興才拿出來。」

「王隊長，她的月經很快就會過去的，如果我現在就把皮包交出來，她要跟我拚死命的，王隊長，請你同情我！」

「好，那麼，你要負責把皮包裡的公文，先拿出來還給胡先生，皮包可以等她的月汛過了之後再還。」

「好，好，我一定負責辦到，但是，王隊長，請求你千萬不要查究，饒了她吧。」

「我答應你，不送法院，但是，你要送她去另一個地方。」

「什麼地方？」

「醫院，但是，要準備一個保人。」

在這座公寓中，胡五良跟我最要好，他便拉我做保人，且陪她上醫院，在路上，我對江太太打趣說：「以後，你的月汛來之前，請先通知我一下，我好放些東西在你門口，讓你……。」

「那怎麼能過癮呢？」她搶著回答。

「你這個女人無可救藥了！」我氣憤地說。

「你後悔？退保還來得及！」

8

控訴型

控訴狂是情緒的濁流，
人人厭惡，但不宜堵塞

連環式的訴願

臺灣政治圈中流行著這麼一個連環圖趣話：警察怕民意代表，民意代表怕記者，記者怕太太，記者太太怕老鼠（我太太真的怕老鼠，怕得要命），老鼠怕貓，貓怕狗，狗怕警察（不掛狗牌），警察又怕民意代表；如此構成一幅相剋相成的連環圖。

如果問我：上面各類人物，包括我自己在內，有沒有一個共同所懼怕的對象？——有，那是「控訴狂」者。

政府官員、民意代表、新聞記者，無不深受「控訴狂」者的困擾，他們抱著不屈不撓的精神，無休止地從事一連串控告，如果對他置之不理，很容易引起社會性的誤解；如果理會他們，立即被糾纏著，那真是越理越亂，終至不可收拾。

一九五三年，我曾應邀參加高雄市中洲漁村洪姓地主的記者招待會，他控告高雄市地政科霸佔他的土地，在招待會上，他聲淚俱下，引起記者們深切的同情，各報都用相當大的篇幅刊登他的申訴。第二天早上，高雄市地政科立即發表辯正的新聞，針對洪某的申訴，列舉事實一一加以辯駁，並警告洪某不得破壞三七五減租的土地政策。

做為一個新聞記者，對市民與官方兩面的言詞分別予以刊登，算是告一段落，靜待政府或法院處理。

每星期三上午是高雄市長公定的「市民的時間」，洪某抓住這個機會，按時到市府求見市長，市長一看來客大名中有「洪某」者，即知來者不善，便通知地政科李科長攜帶全案文件到市長室面對面解決，因事先準備周全，很容易將這件事對付過去，各報記者對此都做簡略的報導。

過了一星期，洪某又到市議會請願，申訴市長袒護地政科李盛華科長，請求議會主持公道；並將請願書的副本分別寄給市政府、省政府、省議會、內政部、行政院、監察院、立法院，以及各電臺、各報社等幾十個機關單位。

我也收到一份請願書的副本，由於本案連續在報上發表過好幾次，並無再「炒冷飯」的價值，於是未予採用。第二天，洪某到我的辦公室，要求將他的請願案件補發一條新聞，我斷然拒絕。

沒幾天光景，社長和總編輯召見我，遞給我一封洪某的投書，指責我袒護市府官員，未盡新聞記者的責任，該函副本也分別投寄行政院新聞局、省新聞處、記者公會等機構，好在我手邊有一大卷有關洪某連環式控訴的檔案，因此，輕易地向社方交代過去。

上面僅僅是洪某「連環控案」的第一階段，以後，他又向地方法院提出告訴，而又上訴高等法院、最高法院；除此以外，他至少每過三五個月必有一樁新的訟案出現，請求新聞界為他「主持公道」。不厭其煩地提出一連串連環式的控告，又是陳情、又是請願，又是複寫（那年頭尚未流行影印），又是副本，我被他搞得頭昏腦脹；最令人厭煩的，是他常常在我辦公室或家裡等我幾個鐘頭，致送各種禮物，賣弄各種巧詞，運用各種方法，努力爭取我妻子的同情，企圖利用她來影響我。他有那股耐勁，我卻沒有那樣閒情，真使我傷透腦筋！

感受到最大威脅的是政府官員，洪某不斷運用請願的、陳情的、訴訟的、副本的、新聞的、造謠的、威脅的、眼淚的、禮物的攻勢，一環又一環，一波又一波的「疲勞轟炸」式控告。至少在最初階段中，至少對於遠距離的中央民意機構，以及那些富盲目同情心的大多數群眾，會造成極惡劣的錯誤印象，迫使奉公守法的公務員心灰意懶，精神崩裂，甚至掛冠而去。

44—4案

讓我再介紹另一位女性「控訴狂」者。

有一個夜晚，我代理採訪組主任處理各位記者送來的稿子，看到一條社會新聞：一位婦女申訴她曾遭高雄市某工會理事長強姦四十四次，記者引述她自述的文字，繪聲繪影，極盡誇張，但未見有暴力行為，我不免對「四十四次」的數字發生懷疑，一時又找不到那位記者加以查證，為了趕發新聞，合乎情理，於是順手改為「四次」，送編輯組刊登出來。

第二天上午，我到報社上班，在走廊上，工友就告訴我：有個婦人在辦公室等我。她是一個胖得和豬一樣的中年婦人，聽她自我介紹，知道她就是所謂「遭某工會理事長強姦四十四次」的女人，我想：她和他倒是很匹配的一對，都是大頭大腦的。我於是告訴她：她的申訴已在當日報紙發表了。

「先生，我知道了，我特地來請求更正。」我嚇了一跳，因為強姦新聞刊登不實，影響當事人的名譽極大，那將招致非常麻煩的誹謗罪。

「我看新聞內容，是你自己招待記者的，不可能是虛構的吧！」我說。

「報導事實都沒有錯。」她說：「不過，強姦的次數登錯，我被強姦四十四次，而你登出來只有四次，相差四十次，錯得太離譜了。剛才我聽那位記者說，是你先生改的，請你負責替我更正，不然，我……。」

我忍不住地失笑起來，我向她承認是我做的。我告訴她：別的數字錯誤，有更正的必要，像這件案子僅是強姦的次數少登了，實在沒有更正的必要；何況在法律上，強姦的次數與刑責並非成正比；相反的，強姦的次數越多，強姦的刑責可能越難成立。

她真是一個不可理喻的女人，指責我一定是屈於工會理事長的壓力，或受他的人情包圍，才如此削改她被強姦次數。

「你想錯了。那是非常明顯的，我絕對沒有替理事長護短的嫌疑，因為強姦四次和四十四次對他來說，是一樣的不名譽。」

啪啦一聲，她重重地拍一下辦公桌，「先生，你讀過算術沒有？你敢講四次和四十四次是一樣的，你，你這個歪哥記者！」

這一拍案，驚動了報社人員，紛紛跑來勸慰她，答應她等我們和總編輯商量，研究怎樣更正「強姦」次數。

當晚，我向編輯部請示，總編輯認為這種女人簡直是胡鬧，不必理會她。到了深夜的時候，那女人打電話來查問究竟，我告訴她，報社認為這種差誤沒有更正的必要。

過了幾天，「四十次之差」的控訴書果然滿天飛了，我的大名與那女人的臭聞並列著，並載明副本致送機關單位計達數十處之多，我氣極了，但是，我跟這種女人鬧，包輸她，只好自認倒楣。在那段很長的日子裡，我在街上行走，或進出公共場所，耳邊不時響著「四、四十、四十四、四……」，好像大家都在訓練口訣似的。

這以後，我從同業報紙上時常讀到這女人繼續製造的新聞，比如：她上街買東西，一轉身，到派出所檢舉店主不開統一發票；又檢舉一家小電器行開收據沒貼印花，後來又控告她的房東調戲她，電力公司收費員偷窺她的春色，水錶記錄員偷竊她的戒指……，花樣之多，不勝枚舉。

副本大轟炸

在「控訴圈」中，火力最強、名聲最響的，首推王克銓先生，我相信全省各機關收發室人員，很少不知道他的大名，在我服務的報社以及《臺灣醫界雜誌》辦公室，十餘年來收到有關王先生的投書、訴願的副本文件，真是堆積如山，他最喜歡用「副本」，承他看得起我，他發出任何一種訴願陳情書，大都有一份副本給我。王先生也曾投稿到我所主編的醫學雜誌，評論有關「公務人員醫療保險」的弊病，其篇幅幾佔那本雜誌的四分之一，他並要求替他多印二百份抽印本，做為副本，寄給不大相干的政府與文化機關計達一百餘處。

王先生寄送各種副本，歷時多年，件數無法計算，我和他至今未見過面，但從他寄來無數文件中，對他的背景略知一點。他服務於屏東省級糧食機構，精通法令條文，長於文書，是一個熱肚腸、心直口快、沉不住氣的人。他似乎身體不大好，時常光顧公保醫院。從他檢舉公保醫政文件中，可見公保醫師沒把他的病看好，而公保醫院的「弊病」，卻被他的「X光眼睛」看得一清二楚，一一加以指謫，著文痛罵一番，我很欽佩他仗義執言的精神，只一點教人傷腦筋，假如回他一封信，他就不肯放過你，他會很快再來信（同時大量散發副本給不相干者），我因工作忙碌，沒有再回信，他便接二連三來函追問（同時散發副本），迫得我只好回他一信，可是，他哪裡肯罷休？沒多久，他必定會再寄信來，不回他，他又來信追問，又散發副本……，如此循環不息，迫得我喘不過氣來，為了節省彼此的時間和紙張，我不得不通知本社職員拒收他的信件，不料，他竟向郵局提出抗議，同時，抗議書的副本又滿天飛了，我的「小名」也跟著到處飛揚，因我拒收他的一切文件，就看不到副本，對此全然無知，直至郵局被抗議得受不了；乃派員來社和我商量，勸我寧人息事，收下王先生的函件。我堅持個人有拒收信件的自由，郵局人員卻請我認真考慮一下，關於王克銓的抗議書中所提及法理問題：如果是個人函件，我確有拒收信件的自由，可是收信人是《臺灣醫界雜誌》主編，而該雜誌又是臺灣省醫師公會的刊物，我有無「拒收」的自由，就大大值得商榷了。我哪有閒情研究這些法理問題，倒不如接受郵局的忠告，一齊向他投降，將擱在郵局一大包王克銓先生來函及副本一一拜領就是了。所以，截至我辭去該社主編為止，辦公室邊側的倉庫有一半是儲藏王克銓先生的文件。

從我所認識的諸多「控訴狂」中，抽樣舉出三件個案，具有三個不同的類型——

第一位：中洲漁村的洪某，是個鄉下的「訟棍」，罪無可赦。

第二位：誇張「被姦次數」的女人，她一生歷盡滄桑，姿色枯衰，無限創痛，乃藉瘋狂的控訴，來發洩她心中的哀怨。

第三位：最值得我們關懷的王克銓先生，他顯然是一位未得志的公務員，個性耿直，滿腹牢騷（很可能身體也多病），千愁百怨，無處可訴，只好憑藉大量的投書與副本，一吐再吐他內心的憤懣。

我在本文後面附錄兩件最具代表性的王克銓申請書和副本，我們可以看出——

一、王克銓先生費多大的精力，把自己夾在陳情書、申請書以及副本中。附錄一及二的副本文件，散發最少的一次計六十二處，最多的一次計一百六十七處（見附錄一第四條，這不是他一生中最高的副本記錄），副本的收文者，上起總統府，下至我所服務的雜誌社。

二、省政府祕書處曾在一項覆文中指述王克銓：「不惜濫發副本一三七處」，他依據法理，力陳「濫發」副本並無罪，此種妙文，不可多見，特予照錄（見附錄一）。

三、最妙的是，他的同事們罵他「神經病」的一段精彩對白，也毫不隱諱地引述在投書中，並印成副本散發（見附錄二之第三條），由此可見他的為人何等爽直痛快！

四、我雖然不贊同他把「副本」發得那麼濫，可是，我要替他說明一點，在我所收到他的文件及副本中，他未曾使用過一張公用信封紙。多年以來，我所收到他的投書及副本頻度之高，數量之大，對於一個公務員來說，是一筆可觀的開支，而且他的正本及催覆函件多用限時掛號，並附回示郵資，副本則用油印，並以印刷品郵資寄發。

像王克銓先生這樣的公務員，政府應該加以關心，延請行政專家、心理分析家以及醫師聽聽他發的牢騷，對政府行政功能和王先生的健康都有裨益，必要時，設法改變他的工作和生活環境，若任他這樣無休止地申訴投書，對各機關和他個人的精力、時間都是極大的浪費。

當我面對控訴狂者，常發一個怪想：這些控訴狂大概永遠死不了，至少應該很長壽。閻羅王對他們也感頭痛，一旦把他們引進地獄，三日一控事小，動不動就發副本，上達玉皇大帝、各殿神仙；下至海龍王宮、土地公婆……，閻王爺怎麼受得了呢？

附錄一

副本抄呈臺灣醫界雜誌社

申請書中華民國五十七年六月十一日

事由：爲蒙示答非所問，令民失望，仍祈迅賜釋示由。

受文者：臺灣省政府祕書處文書科

一、鈞科六月七日，（57）、b、7祕科文字第四四六八五號箋函，奉悉。

二、僅將蒙示各節，分別陳述如次：（下略）

上示各情，經民拜誦再三，仍如丈九金剛，摸不到「頭」也！例如：所示：「且不惜濫發副本一三七處，橫加侮蔑，臺端居心何在？令人難解。」一語，說明如次：

（一）民之所以濫發副本數十處或數百處（並非經濟富足，替郵局推銷郵票也），動機無他，一是希望早日得到回音，二是希望不至於石沉大海。（按：雖然有些機構，即令濫發副本數百件，照樣裝聾作啞，但是站在小民立場，又何能奈其何乎？）

（二）假定民之神經果然錯亂，竟然無故對鈞科「橫加侮蔑」的話，即令不發一張副本，又何能免除應有之罪責乎？否則的話（民之文件，未有不是合情、合理、而又合法者），即令濫發副本千萬處，又何罪過之有乎？……（下略）

四、本件副本抄呈各有關機構等計一六七處（按：除一三七處與上次五月十五日申請書副本之處所相同外，另增加三十處），謹列如下：

（一）臺北市郵政總局、屏東郵政局。

（二）臺中市民眾服務支社。

（三）臺灣省糧食局、肥料處、會計處、人事室、檢查室、安全室；臺北、新竹、臺中、臺南、高雄、臺東、花蓮等七管理處；基隆、宜蘭、苗栗、桃園、南投、員林、嘉義、斗六、屏東、澎湖等十分處；高雄分處人事安全、檢核室；屏東分處安全室。

附錄二

副本抄呈臺灣醫界雜誌社

臺灣新聞報社侯社長斌彥鈞鑒：

一、本（三）月四日，貴報第八版（省政信箱）刊出一則新聞，標題：「辦理人民申請案件，省定處理期限，如積壓決懲處。」內容略以：「屏東市王克銓先生：您的來信和建議案已由新聞報轉給我們了。……」等語，讀者於拜誦全文之後，不勝駭異！

二、查讀者最近並無任何信件或建議案，寄往貴報者。此項報導，顯係無中生有，顛倒是非，並企圖破壞讀者之名譽，實令讀者不勝遺憾！

三、是日（三月四日）上午九時許，敝同事閱報後，指著貴報對讀者諷刺曰：「老王，我看你這個神經病，拚命的寫、寫寫，究竟有什麼用呢？正如某某院裡的院民檢舉他的上司一樣，結果不但沒有效果，反而自己吃虧……。」等語，在當時，實令讀者百口莫辯。……（下略）

被「控訴狂」控訴記

我從事新聞採訪工作歷時二十年，算是個颱風型的新聞記者，常常替報社製造大大小小的「風暴」，沖激社會，也震撼報社，長年惹得一身麻煩，但我從未被控訴過。

一九七〇年夏天，我曾應邀往高市澄清湖「大專學生夏令營」，為新聞系同學講一講「新聞採訪」，我自量才淺，面對著大專學生不免份外謙虛，強調我和所有記者同業一樣，都不時會出錯，只吹噓一點；在我歷次新聞風暴中，我都能免予被控訴，每當我下筆寫稿子，在心境中，似乎左右兩側各放著一本書：一本是《六法全書》，使我的筆鋒始終止於法律的危險邊際；另一本書是《聖經》，下筆時心存厚道，自然而然在文境中留些餘地給針砭的人物，給他們往後有一點生存的機會，若能守住這一點，即使下筆有些偏失，也會被原諒的，不致迫人走向法庭。

我怎麼也料想不到，在我退出最有是非的新聞圈之後，閒著無事，雜寫雜記，寫到「控訴狂」這一卷，竟被「控訴狂」者告了一狀。當然，我自願衝進「蜂窩」，被蜂螫了一下，那是「罪」有應得，因此，我好樂，也須把這件樂事寫出來，讓大家分享分享。

《狂人百相》裡的人和事，九成以上都是寫實的，但是，人物姓名全是虛造的，只「控訴狂」這一卷的〈副本大轟炸〉主角是用真實姓名，理由是：這節文字大半摘錄王克銓先生自己寄來的副本，何況他的副本通常滿天飛，我實在沒有為他保密的必要，而且他有數以百計的文件在我手中，所以，我乾脆直截就用他本名發表出來，果然，把他惹來了，他用他的行動來加強我對社會的舉證，他竟以「妨害名譽罪」向臺北地方法院檢察處提出控告。

王君先寄抗議書給我，因為他用的是我八百年前的老地址（允許我誇大，「狂」一點），輾轉到我手中，已耽誤了兩月之久，他以為我置之不理，接二連三地寄來，我頭一次收到三封，拆開看，知道他的服務地點已由屏東調到澎湖馬公，也知道他的老脾氣還沒有改，寫信儘管寫，頂多來個掛號、雙掛號吧！他卻鄭重其事，經由澎湖地方法院寄「認定書」來，我於是立即回信，除答覆他所質問的各點外，並表示非常高興和他通訊，但為節省時間和金錢，勸他可不必再用法院認定書，就是寄一張明信片給我，也是頂管用的，我不是一個逃避責任的人，而且把我的新址告訴了他。

我沒勸還好，一勸他，他以為我畏懼法院的認定書，於是，一封接一封地寄來，每封內容幾乎完全相同，警告我如果不給他滿意的答覆，他即將訴諸於法。

我給他每一封回信，像複寫一樣地雷同，我答覆他，拙著中除了引錄他所散發副本的原文外，我對他的評語盡是溢美之辭，有文為證——

「他服務於屏東省級糧食機構，精通法令條文，長於文書，是一個熱肚腸、心直口快、沉不住氣的人。」

「從他檢舉公保醫政文件中，可見公保醫師沒把他的病看好，而公保醫院的『弊病』，卻被他的『X光眼睛』看得一清二楚，一一加以指謫，著文痛罵一番，我很欽佩他仗義執言的精神。」

「我雖然不贊同他把『副本』發得那麼濫，可是，我要替他說明一點，在我所收到他的文件及副本中，他未曾使用過一張公用信封紙。」

這幾句評語，若說我觸犯「妨害名譽」罪，那就沒有天理公道了。我在回信裡很誠懇地對他說：我對他若有不敬之處，彼此都是一介書生，各執紙筆，沒有什麼問題不可以互相討論，可千萬不要用他的行動來支持拙著〈控訴狂〉這一卷的觀點。

民國六十四年九月底，我終於收到臺北地方法院檢察處的刑事傳票，案由是「妨害名譽」，十月四日上午九時到庭應審，上署檢察官：林正雄。

我一生未打過官司，如今，為寫「控訴狂」而被「控訴」，這是一樁非常出奇、卻也是很自然的事，是我自己闖入蜂窩裡去。那天我一早就起床，刻意梳頭修臉、打扮一番，我的兒子輕輕地咬著我的耳朵說：「爸，今天您一定是找女朋友去。」

好久不在臺北跑新聞，地方法院檢察處在哪裡也生疏了。按傳票封袋印的地址，走到重慶南路一段一二四號，兩腳剛踩上法院大門，就被警衛攔住，我說明來意，經指引檢察處是在法院後面，摸了半天，摸到博愛路上來，這才找到檢察處大門，相隔一條大馬路。如果法院是營業機構，一定在門道上豎起一兩面醒目的指引牌，免得每天要費法警那麼多的口舌，也免得我們瞎摸一陣，如果我不是當做辦喜事，提早十分鐘來，一定要遲到了。

按規定，我提出國民身分證、傳票向檢察處報到，那位先生看過我的身分證，瞧我一眼說：

「咦？名字不符。」

「是的，名字不對。」

「人家不是告你，你來幹嘛？」

「這是我筆名，雖然不是我法定名字，人家告我，我不想賴，今早我來報到，你看怎麼辦？」

那位先生想一想，說：「你跟檢察官說好了，時間快到了，趕快到第七偵查庭去。」

走到第七法庭門口，距九點還有兩分鐘，我卻準備等兩個鐘頭，早把今天上午所有約會改延到下午去了。想當年我採訪法院新聞，法官遲到個把鐘頭是常事，做被告是什麼味道，當時我未嘗過；採訪法庭新聞真是太浪費時間。我曾翻過《六法全書》，什麼都有罪，就是遲到沒有罪，真氣人！也請教過一位法官朋友，他回答得很絕，他說：「開庭不守時間，大家還這麼喜歡打官司；如果準時的話，那怎麼得了？」我正在回味這句早已腐爛發臭的答話，忽然，門庭敞開，法警呼喚我的名字，一看腕錶，指針顯示出時代進步了，這時九點才過四分。書記官、檢察官相繼而入，林檢察官很年輕、英俊、瀟灑，看樣子，大學畢業還沒有幾年吧？當他呼喚王克銓和我的姓名時，帶著一種非常微妙的笑容打量著，顯然，他希圖從原告和我身上尋找出一點狂氣。我注意到檢察官放在案頭那一疊檔案上，其中有一本簇新的《狂人百相》，我於是把帶來的一冊，原封不動放入小提箱；我又留神觀察那位和我神交已久、而從未謀面的王克銓君，他一臉端莊嚴肅狀，庭上的人如果一齊排隊教人指認出一位檢察官來，毫無疑問，大家全會指王君。

檢察官先問原告，王君陳述他於本年三月看到《狂人百相》，認為「控訴狂」篇的內容妨害了他個人的名譽，便寫信質問被告，無奈被告未曾給予滿意的答覆，他於是提出控訴。

「你一共寄了幾封信給他？」檢察官問。

「七封。」

「哇，這麼多！」檢察官笑著說：「你幹麼要寫這麼多信給他？」

「因為，他不給我滿意的答覆。」

「他回你幾封信？」

「三封。」

「也不少呀！拿給我看看。」

「我開頭寄去幾封信，他都不回，後來改寄法院認定書，他才回給我這三封信。」王君提起法院認定書，就好得意，他把信遞上去，檢察官看了，留下一封，餘則退還：「三封信內容大致相同，留一封在本處就夠了。」

「請求檢察官主持公道。」

「你說說看，他的文章什麼地方妨害你的名譽？」

「他說我神經病。」

這一下，我想該輪到問我了，沒想到，檢察官卻替我辯解著說：「我看過這本書，作者並沒說你神經病，倒是你散發副本文件中自述因為你經常投書，引起朋友罵你神經病，作者只是引錄你的文件罷了；相反地，作者在那篇文章中說你精通法令、為人正直等等讚美的話。」

「作者確實在文章中很讚揚我；不過他又說我是『控訴狂』，這一點傷害了我的名譽。」

王君說老實話，這官司打得我很舒服，總算我沒白替他說一番好話。

這時，檢察官轉過頭來，問我有什麼辯解沒有？我引述拙著中對王君的幾節重要評語，用以反證我並未影射他有「神經病」，才說一節話，檢察官便搶著問：「你的答辯是不是和你的回信大致相同？」

「是的。」

「那就不必說了，我都看過了，我問你一點，你的文章明指他『控訴狂』，是何道理？」

這一點，我心裡早有準備，我說：這出於王君對「狂」的定義誤解所致。先聖孔子在《論語・子路篇》對「狂」字下過明確的定義：「狂者進取，狷者有所不爲。」王君乃進取有為之士，堪稱當世之一「狂」。追溯中外歷史偉人，包括佛祖釋迦、耶穌在內，無一不是偉大的「狂」人，也因此我才敢把「我的父親」列為拙著第一卷的第一「狂」，因為「狂」字本是敬語。

檢察官聽了，對我笑了一笑，說：「可是，人家不要這種敬語，不願意做『狂人』，而你事先又沒有徵求他同意呀！」

我也笑起來了，「這一點，很抱歉！很抱歉！」

「你一共寫過幾本書？」

「兩本。」

「哦！只有兩本？這麼少呀！」檢察官露出一臉驚訝，而混合著我所熟悉的一種惋惜、又略帶輕責的神色，他那種眼神常見於愛護我的先輩或朋友中。我的心立時為慚愧的火焰所燃燒著，說不出話來。

「另外一本書叫做什麼？」

「已經二十年了……。」我有勇氣面對法律的審問，卻沒有勇氣面對檢察官垂詢學問著作的事，我只好逃避：「舊事不堪重提，如果需要，改天補送來，請您指教！」

「在我的印象中，」檢察官說：「好像《狂人百相》這本書，最近還演過話劇。」

這句話，委實使我很驚訝，剛才檢察官為我做過事實的辯正，顯見他對拙著看得很精細透徹，沒想到他還知道演話劇這碼事。

「是的。」

「劇本編得怎麼樣？」

我愣住了，不知從何說起，又須極力避免把法庭變成文藝討論會，於是，結結巴巴地回答：

「那是戲劇界人士改編的……，只在事先徵求我同意而已，……編劇和上演我都未加過問。」

「難道你連看也沒看過？」

「看過的。」

「劇情怎麼樣？」

好難答覆的問題，尤其在法庭上。

「那只是從書中抽幾個典型的故事，改編成劇本，跟原著差別很大。」

「有沒有把『控訴狂』編進去？」

「沒有。」

檢察官拿起《狂人百相》指著封面問道：「這封面人物是不是你的畫像？」

我心裡好笑，怎麼會看走了眼，竟把封面的怪人當做我？

「不是畫我。」

「畫誰呢？」

「我不知道。那是出版社請人設計的，設計人也不曾見過我。」

這時，檢察官勸原告和解息事，王君堅持不肯，隨即宣告退庭，我便呈上一份答辯書。我未學法律科，生平第一遭自撰答辯書，心中覺得分外得意，尤其寫得簡明扼要，歸納大意只有八個字「基於事實，出於善意」，並引用刑法第三百十一條「以善意發表言論者」不罰。查拙著對王君所做評論正適用於本條第三款：「對可受公評之事而為適當之評論者。」

這份答辯書只有幾行字，檢察官當庭看了一遍，收入卷宗，隨即囑書記官傳遞記錄，交兩造過目簽字，我不看一眼，便簽了字；王君鄭重地端起文卷，一字一句地細讀著，我於是先走了。

走到法院前門，才想起，幾個月以前，在寄給王君的覆函中，我寫過這麼一句話：「先生如有北來，盼相約晤面，當略盡地主之誼，我生平無大志，不足為『狂』，差堪為『狷』，『狂』『狷』對飲，不亦快哉！」我趕緊轉身，疾步回向檢察處尋找王君，來不及，他已經走了；失之交臂，至今仍懊喪不已！

既然闖進了「控訴狂」的盤絲洞，就必須準備做長期的周旋，我正打算如何對付第二次檢察庭，不料才幾天工夫，我收到法院檢察處明信片通知：「業經處分不起訴。」這張通知發於十月八日，距十月四日開庭為時僅四天，我幾乎不能相信我的眼睛，我國司法效率已進步到超出我所能想像的程度，若能繼續保持這樣效率，則比收到這份不起訴處分的判決書更為快慰。

——刊於一九七六年元月號《明日世界》雜誌第十三期

9

養女型

莫笑奴家出身低，養女嘴臉處處有

養女的嘴臉

一個星期日下午，我應出谷精神病院李院長邀請，到他那裡飲酒，我赴約時，他的候診室還有不少病人，客廳上已擺好成打的啤酒，我一邊看報紙，一邊吃花生米等著主人。

因為有花生米吃，就不覺得等了多久，醫院一打了烊，李院長滿臉堆著笑容走進客廳來。

三杯酒下肚，我們就無話不談了：

「禮拜天，你還有這麼多病人。」

「臺灣醫師都是全天候伺候病人。」

「我看你剛才那些病人中，至少有三個是養女，能不能借看一下她們的病歷？」

「你認識她們？」

「如果認識她們，就不用向你借資料。」

「你要借看，當然可以，不過，你怎麼知道其中三位是養女？」

「每一個養女身上、手上都掛著標誌。」我做個手勢，李院長立即明白我的意思，他哈哈大笑著說：

「你的眼力很敏銳，剛才我確實看了三個養女。」

我所謂「養女標誌」，是指大多數養女身上、手指、手腕都掛著一大串金飾，除非她連一點金子都買不起。

在日治時代，日人嚴禁臺胞私藏金飾，臺灣光復後，金飾開禁，立即掀起臺灣婦女對購買金飾的熱潮，也是臺胞歸回祖國心理上的一種滿足。

最近十年，臺灣經濟繁榮，生活水準提高，臺灣婦女對金飾的興趣漸漸降低，而為別的飾物所代替了。現在我們再看到婦女身上戴著一大串金飾，九成是養女，這道理很顯明，今日養女的處境和日治時代臺胞的地位相仿，因此，我非常高興看到現代臺灣婦女不再以金飾炫耀自己，顯得沒有養女氣了，這一點的改變，給我們很有意義的啟示。

養女身上有許多顯著的標誌，從言談中也容易聽得出來，她們非常自卑，身分上兼具有生父、養父兩重關係，所以特別喜歡亂扯各種關係以為炫耀。你若提起陳市長，她說陳市長是她生父的叔叔；你提起周議員，她扯上周議員是她養父的表親，她用兩種、甚至多種姓氏的關係扯連在一起（有些養女歷盡滄桑，有好幾個養父），所以，我一聽其聲立即判斷其為養女。我曾經遇見一個養女，她遞給我一張名片，印著頭銜是：彰化縣長第X屆縣長落選人之妹。

我們有權利說，這個養女很愚蠢、很可憐、很可笑，但是，我們自己也常常做「養女」，做得非常得意而不自覺，正如滿身金飾而沾沾自喜的養女，一模一樣。

我們睜開眼睛看一看，我們的國家有許多養女氣十足的新聞記者，一動筆，非常輕率地扯著：「這又是我國一項世界第一的……」或者「享譽國際的……」這幾年，因為我國確實有了幾椿真「第一」的表現，新聞記者的養女氣倒沖淡了些，報紙上反而少見「我國第一」的新聞，這如同我發現一個養女開始少戴幾件金飾一樣高興。

再看看「養女型」藝術家吧！我們參觀畫展，常常發現展出主題不在於畫家的作品，而在於政府官員和外國人寄給畫家的函電文件。在他們的畫歷中，常常故意漏掉在本省臺中或高雄的歷次展覽，卻強調在南美洲一個小市鎮的展出，那個市鎮比臺東市小得多。外國人向他要畫，他大方地免費奉送，立即報告新聞界「他的畫被ＸＸ國所珍藏」，養女型的記者就大有文章可做了。

我們也有不少養女型的官員，這種官員正像養女一樣，最瞧不起「同是天涯淪落人」，不管他有多了不起的表現，都不肯放在眼裡，一旦這個「同是天涯淪落人」被外國人重視起來，養女型官員立即跟進和這位「同是天涯淪落人」大大攀親，爭著獻花，競相歡宴。

看看我們養女型的工業吧！明明是臺灣本地產製的貨品，品質的確很不差，硬要印上香港或歐美製的商標（養女在某種情況下不肯認生父）。偏偏有許多養女型國民出國觀光，竟把國產品當洋貨買回來，卻得意洋洋地告訴親友們：「這才是真正來路貨！」

一九七〇年我到印尼旅行時，深夜抵達雅加達，住在我三弟金楢家中，他和弟媳美蘭都告訴我，他們很少用臺灣製品，天亮時，我一看三弟的睡衣、牙膏、頭髮油全是臺灣標準貨色。我不怪三弟夫婦，卻怪我們的「工業養女」自卑心理，包裝上盡是洋文，即使有中文，其字也小得幾乎看不見，就怕人家知道我們工業的真正身分，硬要和洋人扯上關係。提起印尼，我順便談一件事，大家不要洩氣，我國少了一個「世界第一」。若論「養女氣質」我國雖算老資格，但卻輸於印尼，印尼人非常純樸可愛，就是養女氣十足，使我噁心之至！我的三弟算是印尼老華僑，而我是初履彼土，照理在印尼凡事應由三弟走在前面，不料，每遇到難關，卻要我用英語打先鋒，果然所向無阻。給我最深印象是到茂物參觀世界著名的印尼國立植物園，那天，可巧碰上關閉日，因思來之不易，三弟叫我用英語交涉，九成會通融的，我便輕試一下，果然邊門大開。三弟告訴我，如果用印尼語，跪下來哀求，也不肯破例；用中國語，附一點紅包，能通過；若用英語，雖然黃面孔，也可以開邊門進去；如果是高鼻子說英語，那就開大門迎接了。我的三弟授我很多機宜，使我在印尼到處通行無阻。

如果去印尼旅行，不會說英語可怎麼辦？這一點，不必愁，盡可亂說一通，只要不像印尼話、也不要像華語就行了，其靈無比！

最使我感到啼笑皆非的，在印尼進入較高級餐廳，老華僑反求問於我，因為，從菜單到一切標誌，沒有一個印尼字，更沒有華文，全是英文。印尼養女氣之重，我們該服輸的，雖然我們的養女氣也還是很重。

在國內種種養女型中，最使我這個小養女（我不可能不是養女，不過是程度上差別而已）受不了的，是那些出入臺北希爾頓飯店❶的我國大養女型同胞，向我們小養女型的服務生點菜和結帳時，都用「中國英語」，有一次，我用國語去付帳，養女型服務生不加理睬。這種情形，在臺北並不限於希爾頓飯店一家，我不過是抽樣說說而已！

我寫這麼多篇狂人，只有寫「養女型」這一卷，我很想擲筆痛哭，因為，只有這一「狂」牽涉的是我們同胞的最大多數；至於印尼人，他們和我中華民族也有一份極深厚的感情，教我怎麼不傷感呢！

❶臺北希爾頓飯店：開幕於一九七三年，是臺北市第一家五星級國際連鎖飯店，後於二〇〇三年易名臺北凱薩大飯店，轉型為區域型觀光、商務飯店。（編按）

IO

美國型

狂得野而痛快，不彎彎曲曲

白宮一封空白的函件

當美國總統大選之年，各地聯邦安全人員無不疲於奔命，嚴密保護總統候選人的安全，特別對在朝的雷根總統。❶

一九八四年一個早秋的清晨，兩名聯邦安全人員驅車駛向芝加哥市郊，直入伊利諾州立精神病院，拜訪行政主管，鄭重通知：該院有個病人，名叫詹姆士，二十一歲，他每天都寄一封信問候雷根總統，因而被列入全美九萬七千名對總統狂熱份子的名單中，受到嚴密的監視。同時，提示一點：根據聯邦法律，對詹姆士這種病人，醫院有權檢查他的信件，並隨時與安全機構保持必要的聯繫；尤其當雷根總統經過芝加哥時，對詹姆士更應該嚴密監視，並限制其行動。

醫院行政部門奉到指示，不免緊張一番，決定成立「詹姆士專案」，並指定一位醫師專責其事。這家醫院由於醫師對於病房管理見解之分歧，原本就形成兩種不同的管理制度：一幢病房主治醫師為美國人，堅持採行禁閉式，病房門禁森嚴，病患行動受到諸般限制，而事實上，經常發生毆鬥、自殺、逃亡等情事；另一幢由臺灣旅美醫師蔡俊晴主持，採行臺灣省立高雄療養院❷行之已久的開放制，不但病患在院中可自由活動，每日還有一次定時的院外活動，也未派人監視，這措施行之有年，都未發生病患趁機逃亡情事；不過，也有那麼一次，說也奇怪，一位病患竟在月黑風高之夜，拆窗攀牆潛逃，後來被管區巡警逮送歸院，蔡醫師像見到遠行歸來的老友一樣，上前熱烈擁抱他，並帶輕責的語氣問著：

「你既然要丟開老朋友，一走了之，為什麼不趁院外活動時候，悄悄地走掉，多麼輕快！又何必費那麼大的周章，萬一跌下樓來怎麼辦？」

「醫師啊！如果我趁那時間溜掉，怎麼對得起您呢？」

在開放性管理制度下，這家醫院居然培養出一位這等氣概的病患逃亡者，此一佳話傳遍了芝城。在一個醫院的兩種制度下，「詹姆士專案」歸屬哪一派醫師負責？在行政部門中，引起一番爭論後，終於由行政部主任裁決，指定蔡醫師負責，因為他最親近病人，病人對他也無話不談，相信他能做得輕鬆愉快，而萬無一失。

一經決定，行政部門便把聯邦安全單位交下有關詹姆士致雷根總統函件的影印本，全部移交給蔡醫師，每封函件內容大致雷同——

❶ 美國總統雷根（Ronald Wilson Reagan，一九一一～二〇〇四），為第四十任美國總統（一九八一～一九八九），是為第四十九、五十屆總統。文中所提的總統大選之年，為一九八四年，當時他正尋求第二屆連任。（編按）

❷ 臺灣省立高雄療養院：設立於一九六〇年，是一所公立精神病院，後於一九八四年更名高雄市立凱旋醫院。（編按）

親愛的雷根總統：

您好嗎？今天天氣很好，我的精神也很愉快，尤其在報紙上看到您的名字，我衷心……。

據診斷，詹姆士係患躁鬱症，時而興奮（躁），時而頹喪（鬱）。當他興奮時，幻想自己是一位白宮要員，每日須致函問候雷根總統。蔡醫師按日給予服用適量的鋰鹽，注意觀察他的情緒變化，以及病人每日寄往白宮的函件，信寫得很勤，內容倒無變化，千篇一律。這些函件對精神科醫師而言，重要性有如病人的血液、尿液、X光的檢驗報告之於內科醫師。

至服藥的第十四天，詹姆士致白宮總統函的內容起了變化，在一封大而堂皇的信封裡，只裝著一張空白的信紙，蔡醫師如獲至寶，因為這封空白的信函對醫師說明了很多事。

當日，蔡醫師刻意安排一個機會，好像偶然在走廊上巧遇詹姆士，順便相告：「剛才郵局打電話來，說你寄往白宮的一封函件，貼足郵資，卻只附一張白紙，郵局人員覺得不好意思。詹姆士，你為什麼寄一張白紙給總統？」

「我每天醒來，第一件事是寫信給雷根總統，今天醒來，也拿起紙筆，忽然覺得不知道該寫什麼才好，如果停寄，又覺得不好意思，只好把那張白紙寄出。」

過午時分，芝加哥安全機構截獲到這封致總統的空白函，便掛電話給蔡醫師，請教他對此做何解釋？蔡醫師胸有成竹，立時回答：

「這封空白的函件，顯示病人服藥開始生效，在服用第十四天之後發生作用，在藥理上是可以解釋的；生效之後，病人面對信紙，無從下筆，也很合情，因此，我相信，詹姆士很快會停止寫信給總統。」

在美國大選之年，雷根和他的競選對手行跡遍及全美，至此刻為止，一路報平安。「平安」這個字，是以萬計類如上述故事的總註腳。

——刊於一九八四年十一月十七日《中國時報》

芝城夜半一燈柱

偏重深黑色調的芝加哥都市，夜色特別濃，夜未央，高樓巨廈都向深暗處貪睡著，只街道兩側路燈儆醒，稍有動靜，黑影搖曳。

這時，一輛芝加哥警局巡邏車從街頭駛過來，車上巡警已覺察在靠近街角處，有個人雙臂環抱著一根又高又粗的燈柱，彷彿一尊羅丹的雕塑。芝加哥之夜，稀奇怪事萬萬千，只要不冒犯人家，巡警都視若無睹，巡邏車只略帶輕煞，緩緩而過，看那人和燈柱一般粗健，便加足馬力，繼續前進。

按規定巡程，大約四十五分鐘之後，這輛巡邏車反方向再駛過這條小街，巡警車遠遠就看到那人仍然緊抱著燈柱，便把車子靠邊緩緩駛，然後煞住車，從車上躍下一名巡警，走過去，探個究竟。

「哎喲！警官，等你好久，好久……」那衰竭的聲音好像發自久陷深谷待援的遇難者。

「你……你……終於來了！……」

「我能幫你什麼？」

「唉！燈柱倒下來啦！……」他用臂力頂著，並做扶正姿勢，「快，快派工程人員來……我還能再撐一會。」

巡警用手推推那根燈柱，纖毫不動。「喂！燈柱好好的，一點問題都沒有，放開手，我送你回家。」

「別說風涼話……」那人氣呼呼地說：「燈柱倒下來，不壓死人，也壓壞車……你能忍心……我不能……」

這時，另一名胖胖的巡警也下車，幫著勸，幫著拉，試圖把他拉出來。

那人才鬆開手，立即又撲回去嚷著：「嘿！嘿！倒下啦！……倒下……」用右腳又踢又罵著巡警：「現代人心太壞，只求自保……見死不救……沒想到……連警察……也如是……」

「先生，誤會了。」大胖子巡警趕緊改換語氣，也伸臂去抱柱子：「警長聽說你見義勇為，非常感動，特派我們先來接替你，工程車隊馬上趕來，你看，我把柱子頂住了，你放開手，請上車休息一下。」

他終於鬆開手，由巡警扶著走，一上車，立即關上車門，疾駛向伊利諾州立精神病院。巡警向值夜的蔡俊晴醫師說明在燈柱下所發現經過，並把人交下，隨即匆匆離去。

病人向醫師做如下主訴——

名叫羅伯特，二十八歲。

當晚十時許，走過那條街道，瞧見路邊上有個人，全身緊貼在燈柱上，覺得奇怪，走近一看，但見那人雙臂用力緊抱燈柱，氣喘如牛，便問他幹什麼來著？

「你不看一下，燈柱快要倒下來啦！」

定睛一看，果見燈柱搖搖欲倒，方知大難臨頭，救人於危，義不容辭，於是上前助他一臂之力。

「我看這樣好了，你暫且替我頂住，我去打個電話報警就來。」那個人提議著。

「好，你趕快去。」

沒想到，這傢伙一去杳然，自己卻不能臨危脫陣，堅持到底，直至警官來到為止。

蔡醫師細聽這段主訴，向病人搖頭道：「不可能，今天，沒風、沒雨、沒地震，鐵打鋼鑄的街道燈柱，不可能搖搖欲倒。」

「千真萬確，兩人在場，我願向你發誓。」

「依我看，問題不在燈柱歪，而在你心不正。」

「哈！哈！真可笑，先生，你來自東方，這一點，卻和美國人一模樣，貪生求安一懦夫，一味粉飾太平，逃避現實，見死不救，臨陣脫逃，像那傢伙一樣，口說打電話報警，竟然一去不回。」羅伯特初則咬牙切齒，繼而大聲咆哮起來：「我是一條真好漢，說幹就幹到底，我要重整世道人心，振起社會道德勇氣，我要做給你看，做給大家看！」

「了不起，你真了不起，我很欽佩你。」

羅伯特笑了，一下子，氣憤消了。

「我們換個輕鬆的話題，今晚你上哪兒去喝酒，早說一聲，我可陪你喝兩杯。」

「哦！你也喜歡這個，抱歉，抱歉，就在那燈柱邊一家酒店裡。」

「坦白說，你喝了多少酒？」

「哦！——不多……」他摸摸腦袋，連打兩嗝，才含糊回答：「喝了幾瓶吧！」

蔡醫師在病歷表上補寫了幾行，筆尖發出沙沙響。

「羅伯特！」

「YEAH！」

「剛才是你在譴責美國懦夫，是嗎？」

「是的，美國真的是懦夫。」

「我看倒也不盡然，美國也常有勇敢的表現，不過，有點像你，在迷迷糊糊中表現高度的勇氣，美國也死抱著電燈柱，自以為救危扶正，到頭白費氣力、白犧牲，只是一場空！」

羅伯特愣住了，若愚似悟。

「以後，要少喝酒，因為，在清醒中才能真正地表現出道德的勇氣。」

「我給你一點藥，今晚好好在這裡睡一夜，明早我們在清醒中，再談一談道德和勇氣，晚安！」

——刊於一九八四年十二月一日《聯合報》副刊

II

名士型

「正人」，是最痛苦的癖好

最不良的嗜好

狂，狂，狂，我寫了這麼多的狂人。

難道說這世界沒有「正人」嗎？應該有的，對啦！我也該寫一篇正人的故事，以沖淡狂風，並維護正氣。

世界之大，正人之多，我卻一時想不出一個適當的典型來，於是，翻遍林氏族譜、同學錄、同鄉名冊、公會手冊、電話簿、名片簿……從人眾中，努力搜索，細心挑選，絞盡腦汁，皇天不負苦心人，終於尋到了一個非常標準的正人。

這位「正人」名叫袁明，原籍江西，世代務農，抗日時期，熱血沸騰，投筆參加青年軍，戰後隨軍來臺，眼看社會一片繁榮景象，決心再以學問報效國家，乃申請退役，就學臺灣省立臺中農學院❶，畢業後，奉派在病蟲害防治研究所任職，服務至今，十九年如一日，坐在不曾移動過的辦公桌前，住在不曾喬遷過的單身宿舍。

論人品，他為人正直，待人忠厚，生活謹嚴，做事勤敏。打從在江西南昌中學讀書到現在，他有一個歷久不改的綽號「孔夫子」，雖然這個綽號對他很不適切（孔夫子的生活多麼富麗而有情調），可是，大家都這樣叫慣了。他從不看電影，不打球，不下棋，不聽音樂，更不會喝酒吸菸，有關娛樂嗜好各門，他完全一片空白。

每位主管對他都很賞識，因為他肯做人所不肯做，能忍人所不能忍，以致別人都比他升遷得快，世間不可能有哪位主管會笨到把這樣的職員升遷到頂頭或別的單位去。他於是從委任十級、九級、八級……慢慢地，逐步地遷昇，他對此非常滿足，本著「做事不做官」的名言，過著奉公守法的生活。

每個女人也都很敬重他，她們欣賞他待人和藹，老實可靠，手腳輕快，處處表現「助人為快樂之本」的精神，只有他具有最高能耐替女士們處理最繁瑣的雜務，而且極其周到，分毫不爽。可是，她們對他的敬愛僅止於「禮」。當然，她們也不免關懷袁明的終身大事，都很熱心替他奔走介紹女朋友，卻不願自己下嫁給他。

有一天，我因事往病蟲害防治研究所，順便到他的單身宿舍閒聊，才發覺他生活的嚴重情況。在那宿舍裡，最後第二位「光棍」在前個月結了婚，他孤零零地住在那裡，伙食團也被解散。他很感慨地告訴我，每當他吃過自煮的飯菜，洗著一只碗、一雙筷子、一把湯匙；回過頭

---

❶ 臺灣省立臺中農學院：一九一九年，日本人在臺北創設「農林專門學校」，是其前身；一九四六年改制為臺灣省立農學院，後校名、學制幾經變更，而成今日國立中興大學。（編按）

來，面對著自己的孤影，頓感眼前一片淒寂和空虛。在一個雨夜中，他突然夢遊似地奔向那曾是單身同事的臥房，而今改做臨時農藥倉庫，從藥箱中取出一瓶「巴拉松」，摘掉瓶塞……。

「你知道，這是第二次大戰時期，希特勒準備用做化學戰武器的毒藥，」他說明著：「只要皮膚觸到就可能中毒，吞一口下去，那就沒有救了。——我的命不該絕，若有神助，猛然醒來，便把那瓶藥放回原位上。」

我覺得非常不安和歉意，我一向對他關懷太少，於是決心幫助他找個對象，成個家。

我說到就做到，給他介紹第一個小姐是一位姓周的護士，約了三次會，周小姐對我表明她對他的印象：「袁先生真是個好人，不過，我感覺他身上好像缺乏一種說不出的要素，這只是我的感覺，但說不出他缺少什麼。」

「他是我的好朋友，請你坦白說，他缺乏什麼，我好叫他改進。」

「他一切都很完美，但是，我說不上來，他好像缺乏人類所未知的一種維生素，這只是我的感覺而已，毫無根據，我很樂意和袁先生保持普通友誼，請您原諒我，再見……。」

一個神經病的護士！既屬未知，哪會缺乏？去你的！等我慢慢再找找看。替袁明介紹女朋友，倒是很容易的事，因為他的人緣極好，一提起他，人人讚口不絕，小姐們聞風莫不興沖沖而來，表現出她非要這個「活寶」不可的神色，一經約會兩三次都吹掉了。

我又介紹了一位化工系出身的小姐，四度約會後，她的印象是：「他太好了，他好像一棵很美好的樹……。」

「那就行了。」我趕快接口說。

「美是好美，不過……，那棵樹好像是塑膠做的，我希望您能明白我的意思。」

我有一點明白了，我必須改變方向，找個學電機、物理、數學這方面的女性，比較機械性一點，適合於他那刻板的生活方式，幸虧我交遊頗廣，找到了工業學校一位機械科梁老師，果然她打破五次約會的最高紀錄，不過她的最後結論，聽了教人很失望：

「袁大哥的確很好，經我精密觀察，他，是一具功能完美的機械人，只因我天天搞機械，如果我再嫁給機械人，叫我怎能活下去？」

我完全懂了。便約袁明到我家裡來，請他勇敢面對現實，檢討失敗的教訓，改變求愛的方針。他表現得倒很坦誠，自承他與女友約會有個嚴重的毛病，他從來沒有看電影的習慣，最近為戀愛才去看電影，一時還不能適應，銀幕的弧光閃動幾下，他就被催眠了，打起瞌睡來。這對女朋友來說，當然是很不禮貌的。幸好他勇於改過，於是，在赴電影約會之前，先睡足午覺，再勉強喝下一杯濃咖啡或茶（他平常都是喝白開水的，只要喝一杯茶，通宵失眠，更莫說咖啡），然後打足精神赴會，沒想到，一進入電影院，銀幕只映三、五分鐘，他又打起瞌睡來，他對咖啡、茶的高度「敏感性」，竟然在銀幕前完全消失了，他越想越奇怪。

「現在我有一個想法。」他說：「今後如果再有電影約會，拜託你陪我去，我一打瞌睡，請你重重地擰我的屁股一把。」

這叫做抱著貓兒咬老鼠，不是辦法。

「老袁，治療瞌睡症哪，喝咖啡哪，喝濃茶哪，會前小睡哪，擰屁股哪等等都是治標，解決不了問題；治本辦法是：你必須改變一下生活方式，努力學習看電影，使你對電影發生興趣，就是吃了安眠藥在電影院也睡不著，凡事都要做到近乎入迷的程度，就會勝任愉快。」

「我一生就不曾對任何東西入迷過。」

老袁這句話使我想起，那位護士小姐所說的「似乎缺乏人類所未知的一種維生素」，大概就是能使他「入迷」的某種維生素。

「唉！我真替你叫屈！世界上每天不曉得有多少男女結婚，像你這樣的正人君子，既有一份安定的職業，又沒有半點不良的嗜好，如果結不了婚，那不是愛神瞎了眼，就是昏了頭……。」

「哈哈，哈，」他的笑聲打斷了我的話：「你不知道，我染上了一種最不良的嗜好，所以，女人都不肯嫁給我。」

「老袁，這是你生平第一次撒謊。」

「我真的染上了最不良的嗜好。」

「你還要撒謊！」

玩笑開到這裡，他就告辭走了。

我太太耳朵尖，在廚房居然聽到「最不良嗜好」那段話，她以為值得認真考慮，老袁可能真有一種什麼祕密的嗜好，為我們所忽略，而為小姐們所察覺，所以他的親事老是受挫。

我大不以為然，那只是老袁開的謙虛式玩笑，絕非事實，連想都別去想它。

我又介紹了一位文學系出身的女老師給袁明，她有深度的近視，其貌雖不揚，頗有文才，也到了結婚的紅燈年齡，我料想可能一拍即合，事先都勸雙方各自將就一點，沒想到，只一次閃電式的約會，這位國文老師就寄給我一封信：

「袁先生像是一篇四平八穩、無懈可擊的八股文，而我所追求的是一篇生動感人的詩章。」

這些大專女學生花樣多，又是塑膠品，又是機器人，又是八股文……，不大好談，我於是轉移目標，降而求高中生，甚至初中、國民小學畢業生，娶妻娶德，不在乎什麼學歷，老袁是很好說話的。

那只是我一廂情願，事實的表現卻非常殘酷。她們雖然沒有女學生們那套花式的說詞，卻另有一套說法：「他人真好，可惜，我和他沒有緣份。」

袁明漸漸灰心了，人也萎掉了，再提不起相親的興趣。

寫到這裡，電話鈴響了。

對不起讀者，允許我先接個電話——啊喲！發生了要緊的事……。

讓我以最悲痛的心情，重拿這枝擱了三天的筆，續寫這篇正人的故事。那天電話鈴一響，這故事已有極驚人的發展。

電話正是本文主角袁明打來的。他說，他吞了一種無可救治的農藥，要求我去見他最後一面。我一放下筆，立刻先打個電話給省立醫院，請派一輛救護車往病蟲害防治研究所，隨即飛快跑到隔壁西藥店買了兩瓶巴拉松解藥「潘姆」（PAM，pralidoxime），叫了一輛計程車，疾馳往病蟲害防治研究所宿舍，我比救護車先到達，一看老袁臉色慘白，臥在床上，兩眼注視著手錶，他見我進來，朝著我手中潘姆藥瓶瞥了一眼，冷然而很統計學地說道：

「你比我預料遲到兩分鐘又八秒，原來是買潘姆耽誤了，我不是吃巴拉松，潘姆對我不管用。我是這方面的行家，我服的毒藥是沒有救的，藥量和時間早都計算好，現在只剩下最後三分鐘，我們不要再耽誤時間。」

「我替你叫了救護車。」我說。

他苦笑著，搖一下頭說：「對我，那是沒有用的，我的時間快完了，請你通知在遠處的家兄，告訴後輩諸姪千萬不要再學我……我……我有個最……最不良的嗜好。現在……我告訴你……。」

他的聲音也漸漸地微弱，這時窗外傳來救護車尖銳的呼嘯聲。

「你快說，那是什麼嗜好？」

「那是……天下最……最不良的嗜好。」

「什麼嗜好?——你快說!」

「那是……那是……毫無嗜好的嗜好——最——」

他的手逐漸、逐漸冰冷。

包括一位醫生和兩位護士的救護小組人員飛奔進來,醫師一按脈搏,再看瞳孔,宣告:他死了。

這時,我才注意到「白衣天使」中,有一位就是曾經三度和袁明約過會的周小姐,她顯得很傷感。

「我很難過,來遲了。」她說:「我說到做到,我一直和袁先生保持著友誼,越發覺得袁先生很可敬;只可惜愛情是不可以施捨的。」

「往事哪堪重提……。」我說。

「不過,你是最有能力救他的人,而不救他,真可惜!」

這句話太可怕了!我驚愕地問道:「周小姐,你這話怎麼說?」

「我曾經說過,他身上似乎缺少一種什麼要素,可是我說不上來是什麼東西。後來,我在報紙上讀到你寫的《狂人百相》連載文章,才想到袁明缺少的正是『維他命狂』,而你一身是狂,只要你肯捨得給他一點點狂,他就有救了!你,——你為什麼那麼吝嗇,不給他一點點狂呢?」

她很惋惜而帶點哀怨地責問我。

我哭了，傷心地哭了！我竟把這樣一位最標準的正人埋葬了。當我從墓山下來時，歸途一直咀嚼著那「毫無嗜好的嗜好」的悲劇苦味。

【代跋】

奇人與奇書——林今開這個人

文／沙牧

認識林今開這個人，是我後半生的「奇遇」。我倆能夠認識，我們都很感謝才女羅珞珈。正如俗語所說，我們真是「一見如故」，而又「相見恨晚」啊！

「你們兩個人一定會成為好朋友，」一九七三年舊曆除夕晚上，羅珞珈在她家為我們相互介紹過後說：「因為你們兩個人都很怪！」

其實，說到「怪」，我和林今開相比真是「小巫見大巫」，還差得遠哩！

除夕那晚，別的朋友們都在玩牌，而我和林今開則在羅珞珈的廚房裡，「賓至如歸」的喝起酒來，一邊喝一邊「蓋」。當他知道我是個「年逾不惑」的老光棍兒時，他警告我說：

「沙牧，你可千萬不要結婚！」

「為什麼？」我不解的問他。

「因為你我都是不適合結婚的人！」他說。

我覺得他的話未免有些武斷，我從未結過婚，實在有點不甘心，如果有機會我很想試試看。

酒喝到一半時，他老兄突然說要回家。

「你不是沒有家嗎？」我愕然問他。

「我雖然沒有太太，可是我有兩個小孩。」他苦笑著說。

沒有太太而有兩個小孩，這就怪啦！我有些納悶兒。

但到後來，我知道他有不少女朋友；而且，他把愛情看得那樣神聖和偉大，近乎柏拉圖式的那種愛情。他戀愛照談，可是不想再結婚。他曾被一次很不幸的婚姻傷害得太深、太慘了！

婚姻真像一只鳥籠嗎？在籠外的鳥想飛進去，而在籠裡的鳥想要飛出來。我常想有關鳥和籠的種種，而千思不得一解。

——我是一隻多麼愚笨的鳥啊！

而林今開就比我聰明多了，飛進籠中試了試，不是味道，瀟瀟灑灑的飛出來，再也不想飛進去了。就像這樣子，在天空或枝頭上，自由自在，吱吱喳喳叫一叫，不是很好嗎？

過了一陣子，由於工作上的關係，我有幸和他共同生活在一起，我變成他「家」裡的一份子。工作和生活都在一塊兒，日子久了，彼此漸漸相互的了解也就越深，也鬧了不少值得「回味」的笑話。

和林今開一起聊天談話，是一件有趣的「苦事」。

——我這樣說並不誇張，也不是有意「臭」他。

林今開的話匣子一打開，就滔滔的說個沒完沒了。他說話的表情和手勢都很有趣，一面說一面不時用右手抓拉你的小臂，並以右手的食指和中指不停的指著你，那樣兒就像唯恐你不聽或怕你逃掉似的。說到高興時，頭和攤開的兩手不停的左右搖擺，怪滑稽的那種樣子。他說話時，別人很少有插嘴的機會，因為他慣用「你聽我說」、「你聽我說」或「你聽我說完」來阻止你發言，而且他強迫你聚精會神做他忠實的聽眾。而當你好不容易搶到一次說話的機會時，他老兄卻眼神呆直不知「神遊」何方去了，聽而不聞，視而不見，愣在那裡。等他神遊回來，他會問你：

「啊，你剛才在說什麼？」

面對這樣的場面和情景，除去感到有趣和好玩，你一定會想：世間居然會有這種人！

「不知饑飽」、「食而不知其味」，也是林今開的一絕。他在飯桌上常常吃了一半就把碗筷放下來，然後問他的女兒紫凡或兒子紫平：「我吃了幾碗？」有時吃完了，他的家庭教師莊錦蘭小姐問他：「林先生，你吃飽了沒有？」他會莫名的回答：「不知道。」他吃東西從不知冷熱或鹹淡，有時我覺得他是在故裝糊塗，漸漸我才發現他就是那種妙人。由於他的不辨冷熱和鹹淡，所以他讀過家職的女兒紫凡，也可不必再去進修了。他經常一邊吃飯一邊神遊，因而他的兒子紫平常在飯桌上以訓誡口吻提醒他：「爸爸，你看，你又把飯弄在地上了！」或者說：「爸爸，你看，你又把菜掉在桌子上啦！」他會笑著說：「爸爸下次一定改。」而事實上，我想他恐怕一輩子也改不過來。他就是這樣一個不拘小節隨便得可愛的人。

有一天他外出赴一位朋友的宴會，他已打好一條領帶，而到臨出門時，他又順手抓了一條胡亂打上去。宴會時，在座的一位小姐一直看著他竊笑，他老兄竟還在心裡怪那位小姐不禮貌，以為她吃錯了什麼藥。直到有位朋友提醒他，他才紅著臉把多打的一條領帶解下來。

在台北，我很怕陪著林今開一起上街！在人車擁擠的地方穿越馬路時，他老兄常常「目空一切」的愣在馬路上，我必須像照顧小孩一樣牽著他，他有時還怪我：「你何必這樣緊張？」我氣惱不過時，就衝著他沒好氣的說：「在家裡你是老大，出門我是老大，你要聽我的！」他會笑著乖乖跟我走。這個人，很「鮮」吧？

林今開自認是個女性化的人，我也覺得有一點。他的性格有些柔弱，但他這種柔弱常表現在女性面前，是一種不自覺的博取女性憐愛的表現，因為我發現有不少女孩都對他有好感，甚至像母親一樣照顧他。而他這種「女性化」，據我看，和白先勇與林懷民在「本質」上不大一樣。

像林今開這樣「柔弱」的人，過去在高雄竟然開過有名的舞廳、創辦過孤兒院，和朋友合股搞過工廠，財產曾擁有過數百萬（以現今幣值計算應該是八位數字以上了）。我認識他時，正是他落魄的時候，但我從未聽他叫過苦、喊過窮，很少看到他愁眉苦臉，不論有錢或沒錢，既不注重衣著，也不講求飲食，一副樂天知命的書生本色，一派「看盡人間興廢事，不曾富貴不曾窮」的胸襟和氣度。

而最使我心折和佩服的是，他遇到任何困難，從不緊張或發怨言；而且他從不背地批評什麼人，也從沒聽他說過任何人壞話。可是，他有時會為芝麻綠豆大點的小事跟你爭論個沒完，你非聽他說不可，一直要說到你點頭才肯罷休。他待人寬厚、熱誠，對人甚至可以做到「以德報怨」的地步，但求自己「心安」而使別人「心不安」。

待我在高雄商場上混了幾年，像隻鬥敗了的公雞，灰頭土臉兩手空空回到臺北來時，使我驚奇而又訝異的事是——林今開竟然不守諾言而結了婚，且更沒料想到，他討的「老婆」居然是當年我們三人促膝聽林今開「你聽我說」時的周碧瑟。當時，除了有點兒「心酸酸」之外，我好為林今開的「老運好」而開心！

周碧瑟嫁給林今開，是不是一種所謂的「緣份」，我不想說得太「玄」，但我可以肯定的說，他倆的結合，是林今開前半生「受苦」而後半生「享福」的「補償婚姻」。

周碧瑟畢業於臺大醫學院，她在臺大醫院服務時，有天深夜我跑去把她拖出來喝酒時，她也曾說過「沙牧，你不適合結婚，但可以談戀愛」的話。如今想起來，這話不僅是「諍言」，也成為「箴言」了。

對於結婚，我早就死了這條心；至於談戀愛，這麼大把年紀了，四兩棉花——免「彈」（談）也罷！

林今開能「忍人」、「容人」、「諒人」，交上像我這樣的鬼朋友，他永不後悔，也不灰心。但有一樁小事，他老是「耿耿於懷」，他每碰到跟我比較要好的朋友，就說：「沙牧有錢時，從來沒請我吃過一碗陽春麵！」但我見到他時，到快要吃飯的時候，如果我說：「老大，我今天請你去吃陽春麵。」他會搖搖手說：「不！還是我請你，吃什麼都行，但是……但是你只能喝一瓶酒，等一下，我們馬上走！」

林今開就是這樣一個奇人。

林今開就是這樣一個怪人。

林今開就是這樣一個狂人。

林今開就是這樣一個妙人。

林今開就是這樣一個好人。

林今開就是這樣一個可愛的人。

——我所寫的是我對林今開這個人的印象，而與好惡或褒貶無關。他的「奇言」和「奇行」還多得很哩！只好留待日後有機會替他寫「傳」時再「補述」了。

（全書完）

國家圖書館出版品預行編目資料

狂人百相／林今開著
—— 初版 —— 臺中市：好讀，2016.9
面：　公分，——（典藏經典；94）

ISBN 978-986-178-388-8（平裝）

855　　105009105

好讀出版

典藏經典 94

狂人百相

作　　者／林今開
總 編 輯／鄧茵茵
文字編輯／簡伊婕
美術編輯／廖勁智
內頁編排／王廷芬
行銷企劃／劉恩綺
打　　字／張筱媛
發 行 所／好讀出版有限公司
臺中市 407 西屯區何厝里 19 鄰大有街 13 號
TEL:04-23157795　FAX:04-23144188
http://howdo.morningstar.com.tw
（如對本書編輯或內容有意見，請來電或上網告訴我們）
法律顧問／陳思成律師

戶名：知己圖書股份有限公司
劃撥專線：15060393
服務專線：04-23595819 轉 230
傳眞專線：04-23597123
E-mail：service@morningstar.com.tw
如需詳細出版書目、訂書，歡迎洽詢
晨星網路書店 http://www.morningstar.com.tw

印　　刷／上好印刷股份有限公司 TEL:04-23150280
初　　版／西元 2016 年 9 月 1 日
定　　價／ 320 元
如有破損或裝訂錯誤，請寄回臺中市 407 工業區 30 路 1 號更換（好讀倉儲部收）

Published by How Do Publishing Co., Ltd.
2016 Printed in Taiwan

ISBN 978-986-178-388-8

讀者回函

只要寄回本回函，就能不定時收到晨星出版集團最新電子報及相關優惠活動訊息，並有機會參加抽獎，獲得贈書。因此有電子信箱的讀者，千萬別吝於寫上你的信箱地址

書名：狂人百相

姓名：________ 性別：□男 □女 生日：____年____月____日

教育程度：________________

職業：□學生 □教師 □一般職員 □企業主管

□家庭主婦 □自由業 □醫護 □軍警 □其他________

電子郵件信箱（e-mail）：________________ 電話：________

聯絡地址：□□□ ________________________

你怎麼發現這本書的？

□書店 □網路書店（哪一個？）________ □朋友推薦 □學校選書

□報章雜誌報導 □其他________________

買這本書的原因是：________________

□內容題材深得我心 □價格便宜 □封面與內頁設計很優 □其他________

你對這本書還有其他意見麼？請通通告訴我們：

____

你買過幾本好讀的書？（不包括現在這一本）

□沒買過 □ 1 ～ 5 本 □ 6 ～ 10 本 □ 11 ～ 20 本 □太多了

你希望能如何得到更多好讀的出版訊息？

□常寄電子報 □網站常常更新 □常在報章雜誌上看到好讀新書消息

□我有更棒的想法________________

最後請推薦五個閱讀同好的姓名與 E-mail，讓他們也能收到好讀的近期書訊：

1. ________________

2. ________________

3. ________________

4. ________________

5. ________________

我們確實接收到你對好讀的心意了，再次感謝你抽空填寫這份回函

請有空時上網或來信與我們交換意見，好讀出版有限公司編輯部同仁感謝你！

好讀的部落格：http://howdo.morningstar.com.tw/

好讀的臉書粉絲團：http://www.facebook.com/howdobooks

請填妥後對折黏貼，直接投郵即可，無須貼郵票。

廣告回函
臺灣中區郵政管理局
登記證第 3877 號
免貼郵票

好讀出版有限公司　編輯部收

407 臺中市西屯區何厝里大有街 13 號
電話：04-23157795-6　傳眞：04-23144188

沿虛線對折

購買好讀出版書籍的方法：

一、先請你上晨星網路書店http://www.morningstar.com.tw檢索書目或直接在網上購買

二、以郵政劃撥購書：帳號15060393 戶名：知己圖書股份有限公司並在通信欄中註明你想買的書名與數量

三、大量訂購者可直接以客服專線洽詢，有專人爲您服務：
客服專線：04-23595819轉230 傳眞：04-23597123

四、客服信箱：service@morningstar.com.tw

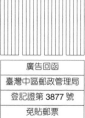